Tucholsky Wagner Zola Scott Sydow Freud Schlegel
Turgenev Fonatne Wallace Fouqué Friedrich II. von Preußen
Twain Walther von der Vogelweide Freiligrath Frey
Weber Kant Ernst Frommel
Fechner Fichte Weiße Rose von Fallersleben Richthofen
Engels Fielding Hölderlin Eichendorff Tacitus Dumas
Fehrs Faber Flaubert Eliasberg Ebner Eschenbach
Feuerbach Maximilian I. von Habsburg Fock Zweig Eliot Vergil
Ewald London
Goethe Elisabeth von Österreich
Mendelssohn Balzac Shakespeare Dostojewski Ganghofer
Lichtenberg Rathenau Doyle Gjellerup
Trackl Stevenson Hambruch
Mommsen Tolstoi Lenz Hanrieder Droste-Hülshoff
Thoma von Arnim Hägele Humboldt
Dach Verne Hauff
Karrillon Reuter Rousseau Hagen Hauptmann Gautier
Garschin Defoe Baudelaire
Damaschke Descartes Hebbel
Hegel Kussmaul Herder
Wolfram von Eschenbach Schopenhauer Rilke George
Bronner Darwin Dickens Grimm Jerome
Melville Bebel Proust
Campe Horváth Aristoteles Voltaire Federer Herodot
Bismarck Vigny Barlach Heine
Gengenbach
Storm Casanova Tersteegen Grillparzer Georgy
Chamberlain Lessing Gilm
Brentano Langbein Gryphius
Strachwitz Claudius Schiller Lafontaine Kralik Iffland Sokrates
Katharina II. von Rußland Bellamy Schilling
Gerstäcker Raabe Gibbon Tschechow
Löns Hesse Hoffmann Gogol Wilde Vulpius
Luther Heym Hofmannsthal Gleim
Roth Klee Hölty Morgenstern
Heyse Klopstock Kleist Goedicke
Luxemburg Puschkin Homer Mörike
La Roche Horaz Musil
Machiavelli Kierkegaard Kraft Kraus
Navarra Aurel Musset Lamprecht Kind Kirchhoff Hugo Moltke
Nestroy Marie de France
Laotse Ipsen Liebknecht
Nietzsche Nansen
Marx Ringelnatz
von Ossietzky Lassalle Gorki Klett Leibniz
May vom Stein Lawrence Irving
Petalozzi Knigge
Platon Pückler Michelangelo Kafka
Sachs Poe Kock
Liebermann Korolenko
de Sade Praetorius Mistral Zetkin

Der Verlag tredition aus Hamburg veröffentlicht in der Reihe **TREDITION CLASSICS** Werke aus mehr als zwei Jahrtausenden. Diese waren zu einem Großteil vergriffen oder nur noch antiquarisch erhältlich.

Symbolfigur für **TREDITION CLASSICS** ist Johannes Gutenberg (1400 — 1468), der Erfinder des Buchdrucks mit Metalllettern und der Druckerpresse.

Mit der Buchreihe **TREDITION CLASSICS** verfolgt tredition das Ziel, tausende Klassiker der Weltliteratur verschiedener Sprachen wieder als gedruckte Bücher aufzulegen – und das weltweit!

Die Buchreihe dient zur Bewahrung der Literatur und Förderung der Kultur. Sie trägt so dazu bei, dass viele tausend Werke nicht in Vergessenheit geraten.

Ein selbsterzähltes Leben

Ernst Barlach

Impressum

Autor: Ernst Barlach
Umschlagkonzept: toepferschumann, Berlin

Verlag: tredition GmbH, Hamburg
ISBN: 978-3-8424-8837-3
Printed in Germany

Ernst Barlach

Ein selbsterzähltes Leben

Titelblatt der Erstausgabe von »Ein selbsterzähltes Leben«, Federzeich-
nung, 1928, Verlag Paul Cassirer, Berlin 1928

Der sich hier freimütig äußernde Bildhauer
und gelegentliche Dramenschreiber wird nicht
von krummen Wegen, immerhin von Irrfahr-
ten und vom Heimischgewesensein auf ver-
worrenen Pfaden sprechen, er rühmt sich dessen weder noch schämt er sich, läßt sich aber
die Feststellung entfahren, es derart bis zu einem guten Grüppchen von Jahren über die
Sechzig gebracht zu haben. Wenn er also vom
Segen spricht, der ihm nicht allein aus gewis-
sen inneren Begebenheiten, geschweige denn
aus der Summierung von Beobachtungen und
Nötigungen zur Kenntnisnahme sowohl bit-
terster wie wohltätigster Art geworden ist, so
darf er wohl hoffen, nicht als leichtfertiger Da-
herredner beiläufiger oder einstweiliger
Spruchweisheit angesehen zu werden.

Barlach: Künstler zur Zeit, 1933

Wandernde Puppenspieler, Holzschnitt, 1922, 8,4 X 11 cm, Aus der Folge zum Drama »Der Findling«, Blatt 8 Verlag Paul Cassirer, Berlin 1922[1]

[1] Barlach im Gespräch zu Friedrich Schult:
»Den Findling habe ich mir im Freien zusammengesucht: Ich weiß von jedem Stücke, ich weiß von jeder Wendung, die mir auf meinen Wegen einfiel, noch Strauch und Baum.«

Mein Vater zeichnet

Großvater Barlach hatte Liebeskummer, und seine Söhne wachten mit ihm und halfen seufzen. Dann wurde es sehr spät, bis das erlösende Wort fiel: »So gebt die Bibel«; denn nur, wenn der Bibelabschnitt gelesen war, durfte nach der Ordnung des Pfarrhauses in Bargteheide zu Bett gegangen werden. Und mein Vater zeichnete, selbst in dieselbe Person schmerzlich verliebt, zeichnete Großvater Barlach mit seinen Söhnen von der einen Seite auftretend, Bertha Korneels aber, einen großen Geldbeutel herweisend, von der andern.

Ein bißchen Zeichnen oder Malen oder Schreiben mehr oder weniger fiel in der Familie nicht auf. Tante Friede schöpfte aus dem Vollen der Farbe und schonte auch die Leinwand nicht – und mit der gerahmten Leinwand nicht Wohnungen, Wände, Stuben, Dielen und alles Gelaß derer, die keine Wahl hatten zwischen Nehmen und Ablehnen. Auch ihre Rede quoll aus dem Überfluß; ihre schäumende Suada, hervorbrechend aus unausschöpfbaren Lungen, verglich mein Vater mit der der Königin Margarete in Richard dem Dritten. Tante Erne, zufrieden mit dem von ihrem Gott nur kümmerlich bemessenen Vermögen, strich im Glauben an den Wert alles aus Liebe Gegebenen ihre grundehrlichen Zaghaftigkeiten aufs gutwillige Papier. Und wenn es sich bei den Brüdern einigermaßen verhielt, so geriet es bei den Söhnen um so hemmungsloser; Vetter Friedrich wurde Maler, Vetter Ernst zog das zeichnerische und schreibende Bekennen und Beteuern mit einer seltsamen, draufgängerischen Unbedenklichkeit in den Dienst einer begeisterten Menschenfischerei, aus dem ihn noch als Student der Theologie der unbedenklichere Menschenfischer Tod verjagte – und sein Bruder Karl, obgleich Jurist, gestaltet mit reiner Treue, was Herz und Auge ihm in Lust und Qual zu verwinden geben und bildend aus dem Bereich des Erlebens in den des Betrachtens zu retten auffordern.

Aber mein Großvater starb nicht als Witwer. Als er an seinem ersten Enkel das Werk der Taufe übte, stand er, frisch verlobt, mit seinem Sohn auf dem Balkon des Ratzeburger Hauses, legte reuig die Hände auf das Gitter und seufzte aus tiefster Seele: »Wo ward ick se wedder los?«

Zusammen habe ich fünf Großmütter gehabt; meines Vaters rechte Mutter starb früh, und man hat mir von ihr Züge eines melancholischen Wesens überliefert, einer Neigung zum Trostfinden in Trauer und Tränen – – »Was tu ich mit einer Frau, die am liebsten weint?« klagte »Vater Barlach«. Auch die Mutter meiner Mutter starb früh, und von ihr schenkte man mir die Vorstellung eines Regenbogenschimmers der heitersten Jugend. Zollkontrolleur Vollert stand als Holsteiner noch in dänischen Diensten, als meine Mutter geboren wurde.

Satrup, das Dorf in Angeln, erfuhr des jungen Dr. Georg Barlach Anfänge in ärztlicher Praxis, Luise Vollert lernte ebenda den Hausstand im Pastorat, ein Dorfidyll kam unversehens in schönsten Flor, und gleich hinter seinen letzten Rosenbüschen stießen sie auf den gepflasterten Weg der Ehe. Meine Mutter malte weder, noch zeichnete, noch schrieb sie, aber sie war herrlich empfänglich für alle Wirklichkeit und wußte aus einem gesegneten Gedächtnis heraus von allen bitteren und heiteren Stücken zu erzählen, in denen die, die vor mir waren, sich bewährten oder versagten. Das Buch, das ich ihr als Aufgabe gegeben, die Familienchronik, hat sie nicht geschrieben; ihr einziges, ein Kochbuch, blieb Manuskript und sein einziger Leser ihr jüngster Zwillingssohn auf seiner texanischen Hungerfarm – so hatte sie es in mütterlichem Sorgenleid als das Wichtigere bedacht.

Ich blicke um mich.

Der Roland auf dem Markt in Wedel an der Unterelbe, wo meine Eltern ihren Haushalt angehen ließen, sieht sich nicht nach kleinen Buben um, seine Hintenübergebogenheit erlaubt ihm das nicht, und nackenlos sitzt der steinerne Stolz eines Übergewichts von Kopf zwischen seinen Schultern. Wenn das Bübchen, ich, aber über den Markt ging, hat es ihn wohl gesehen, aber das Bild war zu schwer für sein Bewußtsein, es ist ihm weggesunken, er hats vergessen.

Mein Vater ritt nach Hetlingen und Holm auf Praxis und schrieb den Marschbauern Rechnungen. Solch einer kam einst und mäkelte, während er die Taler aufzählte, über die Höhe der Leistung, und dem Doktor entfuhr im Zorn die Aufforderung, den »ganzen Schiet wedder mittonähmen«, was dem Bauern wohlgefiel zu hören. Er strich ein und meinte nur, das könne man ja beinahe nicht verlangen – oft wird sich mein Vater solche Ausübung ärztlicher Praxis nicht gestattet haben, denn es steht geschrieben, daß es im ersten Jahr des jungen Haushalts knapp herging. War Bruder Karl als Student zu Besuch, so half er wohl gutmütig aus und fuhr mit silbernen Hochzeitslöffeln ins Versatzamt nach Hamburg.

Ich wurde am 2. Januar 1870 geboren. Die Welt, die ich anzuschauen bekam, ließ es sich von meinem guten Platze aus gefallen, dem Eckhaus am Markt, wo ich vom Balkon herab einen Leichenzug mit herzlichem Hurra begrüßte, da ich den Unterschied von einem Schützenausmarsch noch nicht wahrnahm. Knöpfe, die man mir zum Spielen reichte, fraß ich auf, desgleichen Zigarrenstummel, die mein Vater wegwarf, und vom Mistberg mußte man mich gelegentlich wegbesorgen, weil ich mir da etwas an Üblem zugute tat; ich nahm eben die Welt in der Weise in mich auf, die ich am schnellsten begriff.

Mein Bruder Hans half mir bei dieser Aufgabe, so gut er konnte, wir schmarotzten am Frischen so gut wie am Faulen, spürten aber um uns herum manches Bedenkliche, auf das achtzugeben nötig wurde, Dinge, die man nicht sehen und nicht hören konnte und die doch gewiß wirklich waren. »Es« kann kommen oder auch nicht, machten wir aus, wenn wir am taghellen Sommerabend im Bett lagen – »sieh du nach der Stubenseite, ich will die Wand bewachen«, denn wir wußten bald, daß »Es« auch durch die Wände kam.

Ich werde hörig

Nach ein paar glücklichen Jahren verzogen meine Eltern mit uns nach Schönberg, des Fürstentums Ratzeburg Hauptstadt. Die Zwillinge trafen ein, Joseph und Nikolaus – und ich entdeckte die Welt außerhalb des Hauses.

Mein Vater mußte sich mit seinem Kollegen, dem älteren Dr. Marung, schießen, meine Mutter empfing von ihren Kindern so viele Pflichten, daß sie mit aller erdenklichen Vorsicht wohl die Frage tat, ob denn die Welt für sie bloß noch Kinderklein, Geschrei, Darmtücken, Kleidernässen und Krankenwartung übrig habe – ich warf mich ins Mäntelchen und erklärte: »Nu geit' Juhlen all wedder los« – und ging auf die Straße. Hier nahm mich Edmund Steffan in Empfang und ließ sich meine Unterweisung in seiner Art von Lebenskunst viel Mühe kosten, und ich war gelehrig und ward hörig.

Einmal sollte ein gefundenes Hufeisen zu Geld gemacht werden, und ich wurde damit in die Schmiede geschickt, wo es der Geselle nahm und zu andern warf. So war es aber nicht gemeint, und Edmund Steff an ließ mein Kommen mit leeren Händen nicht gelten. Er scheuchte mich zurück, und ich verlangte Bezahlung. »Kumm«, sagte ermunternd derselbe Geselle, ließ seine rußigen Hände vom Blasbalg los und gab mir eine Maulschelle. – Aber Geld wurde doch beschafft, wenn auch auf andern Wegen.

Der Milchmann ließ in der Küche Wechselgeld zurück, und das lag auf der Tischplatte wie für uns bestimmt da. Was wir nicht sogleich für Lakritzen aufbrauchten, verbargen wir unter Blättern in den Kübeln der Oleanderbäume vor des Krämers Laden. Dann aber holte ich aus eigener Eingebung zu einem Hauptstreich aus. Ich ließ mir von meinem Vater, der mit Pastor Ohl aus Seimsdorf bei dickem Zigarrenrauch Gespräche über »hohe heilige Dinge« führte, einen »Taler für Bier« geben, eine Besorgung, die mir schon öfter aufgegeben war, wenn der Mann mit den dreißig Flaschen Aktienbier im Korbe kam. Vater entäußerte sich seines arglosen Talers, und ich damit flott zum Kaufmann Ott und für den Taler dreist Lakritzen verlangt. Als ich aus der Tür trat, hatte das Schicksal, das seine Rache nicht hastig genug betreiben konnte, Pastor Ohl zur Stelle gebracht. Pastor Ohls Hand langte nach meiner mit dem geliebten Naschkram und überlieferte mich der meines Vaters, eines heftig erzürnten Vaters. Das Gelump flog zum Fenster hinaus, und mir kam zu, was meine Tat wert war.

Es gab noch andere Gelegenheiten, schuldig zu werden. Hinterm Hause der Teich war eine Welt voll Wunder, und überm Wundern fand man sich unversehens als aus dem Wasser gezogenes Kind geborgen, aber nicht bedauert, denn es war streng verboten, ins Wasser zu fallen; wer es dennoch nicht ließ, bekam Schläge. Einst war Edmund Steffan vom Steg geglitten, und wir zwei Retter, Hans und ich, hielten uns verzweifelt an seinen Beinen fest, unbehilflicher als er, der mit dem Kopf unter Wasser lag und sich ohne uns wohl leichter herausgeholfen hätte. Mich hatte es ein anderes Mal erwischt, und bald lag ich trocken im Bett und wartete. Vater kam heim, und ich hörte ihn mit forschen Schritten, wie es seine unverkennbare Art war, herantreten. Ob er den Stock mitbrachte, weiß ich nicht, denn gewillt, dem Verhängnis auf einem gangbaren Wege auszuweichen, tat ich die Augen zu und stellte mich, zwar nicht tot, aber schlafend, und tat es so lauter, daß alles eine freundliche Wendung nahm. Vaters Schritt wurde sanft, er hielt inne und bog vom Wege des Rechts ab. Leise ging die Tür, und ich fand es gut so.

Aber im Winter bekam der Teich seinen kalten Meister, und das Eis bot uns erlaubte Bahn. Mich, mit dem väterlichen Verbot des Ertrinkens im Kopfe, überkam die Vorstellung, daß wohl auch der Vater einmal schuldig werden könne, als er mit andern Herren in der Dunkelheit auf dem Eise geblieben war, und ich rannte in der Gitterbettstelle auf und ab und schrie meiner Mutter in die Ohren: »Barlach ist tot, Barlach ist tot!«

Übrigens faßte ich ganz ohne Anleitung eines Edmund Steffan in Schönberg die Idee des Selbstmords. Wenn es mit mir, wie nicht ausgeschlossen war, zum Soldatwerden kommen würde, da sollte man schon sehen: »Ich gehe ins Zarnewenzer Gehölz und finde eine alles schnell ordnende Giftpflanze.« Oder: »Da kommt ein Wagen die Straße herunter, was nötigt mich auszuweichen, ich kann mich ja beliebig totfahren lassen.«

Und noch andere Spiele eines flügellüftenden Nesthäkchens von Seele. Beim Gang ins Zarnewenzer Gehölz beobachtete meine Mutter, wie ich mit einer Gerte die Klettenpflanzen des Grabens peitschte und murmelnd immer dasselbe versicherte: Sag die Wahrheit, sagt meine Mutter zu mir – sag die Wahrheit ...« Was sie danach als Erklärung aus mir herauslockte, war dieses: ich hatte einem andern Jungen Kletten ans Zeug gesetzt, weswegen seine Mutter gewiß fragen würde, wo er denn gewesen sei, und er, leugnend, im Wald oder Feld herumgetrieben zu sein, bei offenbarem Lügen erwischt, angefahren werden würde: »Sag die Wahrheit!«, was er mir als dem schadenfrohen Anstifter mit den Worten hinterbringen würde: »Sag die Wahrheit, sagt meine Mutter zu mir.«

Edmund Steffan wurde von Zeit zu Zeit unsere Treppe heraufgeboten. Dann gab ihm meine Mutter ein gutes Butterbrot und fügte eine Pauke hinzu, die er mit scheelen Blicken ausdauerte, solange das Kauwerk arbeitete. Sie änderte nichts an ihm, aber ich wurde anderweitig hörig.

Wollte ich die stärkere Gewalt, der ich verfiel, selbst nicht weitläufiger schildern als Edmund mit seiner Großmäuligkeit und seiner holpernden Rede, mit der, soviel davon er auch vertat, sein Hals verstopft zu bleiben schien, so dürfte ich für immer am Schreiben bleiben. Des Wetters Däumling war ich wohl längst, den es, in welche Falte seiner Farbigkeit, in welche Tasche seiner Räumlichkeit es wollte, zu seinem unaussprechlichen Genügen stecken konnte. Die Sattheit und Schwere der Wedeler Marschen, die Elbfernen, sind mir fortgeschwemmt, aber die Schönberger Tage und Nächte sind schon auf festen Erinnerungsboden gekommen.

Um die Zeit, wo seine Söhne einen Podex nachweisen konnten, der den Strapazen gewachsen war, ließ mein Vater sie zur Teilnahme an der Praxis zu, natürlich zur Landpraxis, die jetzt mit Fuhrwerk besorgt wurde – und da bin ich denn wirklich einmal bis ans Ende der Welt gekommen. Ich wußte bestimmt, daß das Hinschweifen durchs raumlose Dunkel am Rande der Wirklichkeit stattfand, und hatte viel, viel Zeit, über solche Selbstverständlichkeit des Unwahrscheinlichen ohne Ablenkung nachzudenken, denn gesprochen wurde auf all diesen Landfuhren fast nie.

Ich kam zu großen und kleinen Leuten, zu Bauern und Herren, sah Menschen und Dinge unter niedrigen und stattlichen Dächern und lernte – Geduld und Warten, denn der Dr. Barlach betrieb nach seiner eigenen Formulierung keine Dampfdoktorei und vergaß an

Krankenbetten frierende Pferde, Kutscher und Kind. Ich meine, die beste Erziehung liegt im Beispiel wertvollen Tuns, und Kinder haben außer Augen und Ohren noch mancherlei empfangende Organe. Es braucht nicht beim Verschlucken von Knöpfen, Zigarrenstummeln und Auflesen der Leckereien vom Mistberg zu bleiben.

Einmal sah ich nach räderndem Verlauf mancher Stunde von einem Steg in einen grünlich-unvergeßlichen Wasserabgrund, sah von sicherer Sandigkeit eines Ufers jähes Hinabgleiten der Welt in Bodenverlorenheit, und als später mein vergnügter und befreiter, von Zuversicht gleichsam angeheiterter Vater zu mir sagte: »Wir ziehen nun bald nach Ratzeburg«, da fragte ich hellhörig zurück: »Ist das da, wo das schöne Wasser war?« – Das war es.

Ich lerne schreiben und lesen

In Ratzeburg taten sie mich und Hans in Tante Lomeyers Spielschule am Dom, gehalten in einer mittelalterlichen Backsteinkluft, in die man sich von der Turmseite des alten Baues hinabschachtete, wenn man nicht lieber vom Palmberg aus durch einen Stufengang hinaufstolperte. War es auf dem Schulwege kalt, so erstarrte meinem Bruder wohl der Mut, und da er beim Weinen nicht auch noch gehen konnte, so mußte er stehenbleiben – das war seine Art, unsere Lage klarzulegen. Ich verstand seine Meinung prompt und widerlegte sie mit Faustschlägen.

Bei Tante Lomeyer hatte ich nichts anderes zu tun, als mein Lesen zu vergessen; denn ich hatte doch schon auf der Schönberger Schule die Nase ins Buch stecken müssen, in der Septima des Gymnasiums wurde ich auf dem Buchstabenweltmeer dann endgültig flott. Auch Schreiben durfte man mir zumuten, zunächst auf Schiefer, und so habe ich damals auf der Schiefertafel meine erste erzählerische Spielerei gestümpert. Als im nächsten Jahre diese Übungen in blauen Heften mit Tinte und Blei vor sich gingen und ich mit unserem Mädchen zum Einkauf in einen Laden kam, da lief mir beim Anblick dieser für mich erhandelten Werkzeuge warmes Wohlgefühl übers Herz – ich merkte was von gutem Umgehen mit so herrlichen Sachen.

Ratzeburg ersetzte mir in geläuterter Form meinen Edmund Steffan, und obendrein doppelt; denn da erwarteten mich Vetter Richard und Hans Hudemann und führten mich nicht in stinkende Höfe und Hinterwinkel der Häuser, sondern in den Wald zu einem braven Waldläufer- und Indianerleben. Am Waldrand längs der Einhäuser Chaussee hatten wir unseren Wohnbaum, nach vernünftiger Ordnung ich auf einem unteren, jeder auf seinem Ast für sich, bloß eine bequeme Gabelung für gelegentliche Bedürfnisse war gemeinsam. Von hier herab brachten wir mit räuberischen Tönen den Wanderer fast um, beschlichen voll arger Absicht die unschuldigen Eingeborenen und übten eine gemütliche Indianerphantasie gegen jede vorkommende Harmlosigkeit. Beim Streifen durchs Fuchsholz aber fiel mir die Binde von den Augen, und ein Wesensteil des Waldes schlüpfte in einem ahnungslos gekommenen Nu durch die Lichtlöcher zu mir herein, die erste von ähnlichen Überwältigungen in dieser Zeit meines neunten bis zwölften Jahres, das Bewußtwerden eines Dinges, eines Wirklichen ohne Darstellbarkeit – oder wenn ich es hätte sagen müssen, wie das Zwinkern eines wohlbekannten Auges durch den Spalt des maigrünen Buchenblätterhimmels.

Das Haus

Nach kurzer Zeit zogen wir aus der Seestraße in das alte Haus mit dem hohen Dach, das ich mein Vaterhaus nenne. Es lag abseits neben der Stadtkirche und war auf dem ehemaligen Grabplatz gebaut. Zur anderen Seite lagen die Gärten und Abseiten, Scheunen und verlorenen Orte des Landratsamts, und es barg Winkel und Verschlage, Böden und Finsterräume, allzu erwünscht für ein Gemüt voll Ahnen und Grausen – Schicksal brütete in diesem Hause, ein dunkles, herrliches und schlimmes Wesen machte sich ans Werk und ordnete nach seiner Einsicht den Zustand der Familie des Dr. Barlach. Hierzu genügten ihm die Jahre von 1878 bis 1884.

Mein Vater war ein ziemlich kleincr, scharfer, feuriger, schwarzlockiger Herr, schnell bereit, in allen Dingen Ernst zu machen, und drauf und dran, mich in eine Kadettenanstalt zu tun, als ich seinen Verdacht erregte, es auf einen Taugenichts anzulegen. Diesem Plan widersprach meine Mutter, die niemals müde wurde, meine tausend Ungebärden mit Geduld zu umhegen, üble Vorzeichen mit Glauben zu segnen und Geschehenes auf dem Friedhofe ihres grenzenlosen Vertrauens zu begraben.

Die Ehe der Eltern war so glücklich wie eine Ehe sein kann – und nicht minder unglücklich. Die behagliche Kindersituation in der Schlafstube, wenn im Wohnzimmer heiteres Gespräch ging oder mit dem Lampenlicht durch Türritzen Bruchstücke aus David Copperfields lustleidigen Kinderzeiten schlichen, wechselten mit bitterlich anderen.

Herr v. Bülow von Kogel, der sich auf seinem Gute langweilte, nistete sich ein und trank in später Nachtstunde dem schlafbedürftigen Doktor den Wein aus, den er sich in Kogel verdient hatte. Und da gab es eine andere häßliche Stimme im Hause, die aus der Kehle und von der Zunge der Nachtglocke. Ihr war es gegeben, das beglückt-unbewußte Schweigen des Dunkels der im Hause ruhenden Nacht zu verscheuchen. Das wachende Kind dachte, sie müsse sich heiser heulen, bis endlich noch jemand erwacht, bis endlich gefragt wird und Antwort kommt: »Na Schlagsdörp, Hä Dokter, na'n Buern Sötbeer b'in Diek anne Schasseh.« – »Je, wat fählt em denn?« – »Hei is bannig leeg, Hä Dokter.« – »Je, ick will äwer weeten, wat em

fählt, dat ick wat mitnähmen kann, wo hett he Wehdag?« – »Hei is
bannig leeg, Hä Dokter.« – »Na, denn gah man hendal na de Schün
und wak den Kutscher op, ick bün glik farig–.«

Und dann will der Wagen immer noch nicht kommen, denkt das
wachgewordene Kind, bis endlich Pinaks und Lieses verschlafene
Hufe durch die Stille trappeln und der Wagen nachschleicht und
endlich was im Dunkeln davonrumpelt, als hätte die Nacht Kolik
im Leibe und es ginge ihr holtergepolter was ab.

Nein, das Ideal meiner Mutter eines Seins auf einsamer Insel le-
benslang in trauter Gemeinschaft mit dem geliebten Mann fand
auch in Ratzeburg keine Erfüllung. Gesellschaft tat ein übriges, um
Kinder vor Eltern, Eheleute voreinander fremd zu machen.

Ich erzähle

... aber ich erzählte. Wenn wir abends alle vier unser Gebet getan hatten, wohlzugedeckt und für die Nacht besorgt waren, dann ging es los. Es wurde erzählt, natürlich aus freier Faust heraus und sonder Zensur. Höchstens Niko schnarchte ins Ende hinein, aber sonst hielt die Dunkelheit, wie mir schien, einen ganzen Buschwald von Ohren aufgespannt.

Ich erzählte die Geschichte vom schwein'schen Indianer, kurz und bündig, und leistete absichtslos eine Satire auf die epidemische Indianertümelei, ich häufte die Legenden von Ernst Bärlein auf Goldensee, der mich einmal in den Ferien aufs väterliche Gut geladen hatte in der irrigen Vorstellung von meiner zuverlässigen Gutartigkeit. Manches hatte ihn schon befremdet, aber als ich mir herausnahm, beim Angeln einen stattlichen Brachsen zu fangen, gegen den sein zutage gebrachtes Wassergewürm allzusehr abfiel, kehrte er mir die Seite seiner Ungnade zu.

Dann erwuchs weiter das Epos »Kuhgesicht« – Kuhgesicht war der Beiname eines unserer Lehrer, den die Schüler für alle Zeit dafür brandmarkten, daß er sich in einer verhängnisvollen Sekunde hatte hinreißen lassen, einen Schüler »Du Kuhgesicht!« zu schimpfen – Kuhgesicht in den peinlichsten Lagen zu zeigen, machte den Inhalt meines Epos aus, und wir Armen, ich und meine Brüder, löffelten die vielen Suppen der tröstlichen Rache mit der Feststellung, daß Recht doch Recht geblieben war.

Um diese Zeit kamen wir einmal aus der Schule heim und wurden bedeutet, daß unsere Mutter abwesend sei, auf kurze, vielleicht auf längere Zeit. Wir antworteten nicht, fragten nicht und taten zueinander, als sei da alles auf dem sichern Boden des Notwendigen, und mein Vater, der wissen mußte, was er über seine Frau verhängt hatte, schwieg seinerseits in der gleichen Scheu vor Gefühlsäußerungen, die er bei uns dankbar respektierte, nur, daß er mich von Zeit zu Zeit aufforderte, einen Weihnachts- oder Geburtstagsbrief zu schreiben.

Habe ich von Kuhgesicht gesprochen, so kann Tiek nicht übergangen werden, Tiek mit dem Menschenaffenbart, dieser Schulmeister von altem Schrot und Korn, der zur Andacht früh auf der Orgel aufs schönste präludierte, aber zur Einleitung des Unterrichts zuweilen ohne erkennbares Übelwollen zum Pult ging, den Stock hervorholte und die ganze Klasse verprügelte – gemütlich, selbstverständlich, »doch man so«, weil Prügeln gut tut, sowohl dem, der gibt, wie dem, der nimmt. Demnächst blies der Wind seiner Laune einen andern Strich, dann gab es Halloh, und wir unterbrachen Rechnen, Singen und Zeichnen, um dem andern Tiek, einem leibhaftigen Narren, seine eigenen Faxen widerzuspielen. Wir kollerten auf die Bänke nieder, wenn wir nach dem rechten auch das linke Bein in die Luft strecken wollten, wie Tiek vorschlug – aber nach manchen bösen Montagsstunden standen wir Sextaner auf dem Korridor zuhauf in der Pause und wiesen einander mit ernsten Mienen die Folgen des genossenen Unterrichts. Dem einen waren die Frostfinger wundgeklopft, und es geschah Paul Siebenmark, daß ihm gerade an dem Morgen nach der Sterbenacht seines Vaters unseres Tieks Würgerseele ganz besonders kund und offenbar wurde.

Bock, Herr von Neuvorwerk, wußte nicht, wie er dem Übel, unter dem auch seine Söhne seufzten, abhelfen sollte – ein Kalb als Opfer war ihm zu teuer, eine Gans zu gering, und so unterblieben selbst solche zahmen Versuche, dem Sadisten das Handwerk zu legen.

Unser Direktor meinte es gewiß gut, aber er hatte seine besonderen Begriffe von Hinanführung der Jugend, wenigstens erinnere ich mich einer seltsamen Regung, als er zur Andacht den Bibelabschnitt der Geschichte von Lot und seinen Töchtern vorlas, die aufgereihten Lehrer blickten betreten, was ich genau beobachtete, denn ich stand als Sextaner vornean.

Konrektor Hornbostel, ob seiner Dürre Snieder genannt, stand unter ihnen allen aufgereckt wie ein Gevattersmann der alten Zeit im langschößigen Rock mit Vatermördern da, ein hochgezüchteter Rest ironisch überlegener Geistigkeit, ein Gelehrter von Stil und ein rettungsloses Original. Alle wir dummen Jungen tanzten ihm auf der Nase, aber er kam und ging mit nobler Getragenheit, als wärme er in den Taschen seiner Rockschöße die schonungsbedürftigen Überbleibsel einer besseren Zeit.

Kuhgesichts markanten Bartwuchs aber schmierte ich hundert-
mal an die Wände des Gymnasiums, und auch sonst begann in mir
etwas spürbar zu werden, was nach Form verlangte, und ich
schwamm zeitweise in der rettenden Sehnsucht nach irgend etwas,
das durch mich geschehen sollte.

Ich muß erfahren

Mein Vater gab sich und seinen Söhnen für die abwesende Doktorsfrau die Doktorstochter Hermine Bark aus Rhena als Ersatz, ein Wesen wie zum Mahnbild erlesen, unvergleichlich befähigt, alles Vergessen der Fehlenden durch den Mangel aller Gnade bei Gott und den Menschen zu verhüten. »Herminsch«, wie wir sagten, war eine aus Saft und Jugend heraus zäh geräucherte Jungfrau. Es kam sogar zum Handgemenge zwischen ihr und uns Jungen – der eine sprang zu, als er den andern sich widersetzen sah, und der dritte und vierte griffen ein. Nach hergestelltem Gewaltfrieden saßen wir vier in der Pfeifenkrautlaube des Gartens und pflegten in traurig-süßer Eintracht unsere Wunden. Herminsch machte aber doch einige unzulängliche Versuche, von ihrem Ufer an das unsere überzusetzen, unnötig; denn wir verwarfen sie mitsamt ihren Versuchen, wir haßten Herminsch von da, wo sie kam, bis da, wo sie ging. Krankheiten des Vaters brachten weitere Änderungen des häuslichen Zustandes, ein junger Arzt versorgte die Praxis, und auch er, wenn auch nicht handgreiflich, lernte die Herminsche Fuchtel kennen.

An einem Abend während dieser unerwünscht geordneten Zeit mag es gewesen sein, als ich bei voller Stille des leeren Hauses und verlassenen Gartens in der Veranda von einem Buch aufsah. Der gelinde Dämmer des Sommerabends lag überall, und vom Benningsenschen Garten winkten die Wipfel hoher Tannen über die Scheunendächer. Hier widerfuhr mir abermals eine Erschütterung, die im Augenblick durch mich ging und ganz sinn- und gegenstandslos war – und vielleicht doch das heftigste Erleben, das mir beschieden gewesen ist. Ein anderes Mal stand ich an der Nordecke der Insel am großen See hinter dem Gymnasium bei einem ganz artig heranfahrenden Winde und erlebte im Augenblick des Zerfließens einer Welle ein ähnlich übermächtiges Gefaßtwerden – dabei muß mir eine auffällige und ziemlich lächerliche Gebärde entfahren sein, denn ich hörte, wie jemand verweisenden Tons orgelte: »Barlach, Barlach!« – und sah aufblickend in meines Lehrers Bertheau vor Unbehagen steif gewordenes Gesicht, der eben seine junge Frau des Weges spazieren führte. Sein Fleisch wucherte mit einem entsprechenden Wuchs der inneren Menschlichkeit um die Wette, sein von Korps und Couleur gezüchtetes Weltgefühl war im Augenblick von meiner offenbaren Hingegebenheit an irgendwas peinlich Unangemessenes tief gekränkt, er schämte sich meiner, sein Gesicht war blau und wie versteinert.

In einer Nacht sah ich erwachend einen Kopf in der Höhe des meinigen mit einem Paar gutmütiger, fast trauriger Augen. In dieser Nacht regulierte ich bei wütendem Herzschlagen, jeder Sekunde Mühseligkeit erliegend, meine Atemzüge, bis ich es nicht mehr ertrug, mich schlafend zu stellen, und die Augen wieder aufschlug. Es war inzwischen heller geworden, und jemand stand am Fenster, hatte den Vorhang beiseitegeschoben, so daß ein matter Schein auf sein Gesicht fiel, das er dennoch zu mir zurückgewendet hielt, als sei er vom Vorsatz hinauszusteigen durch das leise Regen meiner Glieder abgelenkt.

Wer möchte etwas von den beiden Göllners wissen, meinen Feinden von der Stadtschule? Fast alle Stadtschüler waren Feinde der Gymnasiasten und umgekehrt, nicht etwa aus Grund und Anlaß, sondern schlechthin bloß tatsächlich. Trafen wir uns, ich und die Göllners vor allem, so schlug man sich oder riß aus, wie es gerade kam. Der ältere Göllner hätte mich, wäre es nach ihm gegangen, nicht nur von den Straßen, sondern aus Haus und Leben verscheucht, und ein anderer kreuzbraver Bengel, aber ein unbedingter Hasser, fiel uns viere eines Sonntagsnachmittags mit solch ehrlicher Wütigkeit an, daß wir zum Haufen verknäult eigenartig den Markt belebten und durch Ogger Iben, den Tante Minna vom Balkon zu Hilfe gerufen, erledigt werden mußten.

Ogger Iben war ein Überläufer und hielt es mit den »Feinen«. – Unsere Niederlagen posaunten wir nicht gerade aus, aber als mein Vater mich eines Tages, mit mir über Land fahrend, rücksichtsvoll lächelnd auf einen Fall ansprach, der unser Renommee völlig ruiniert hatte, ließ ich seinen Spott gelten. Es hatte der ganzen Mannschaft der unteren Gymnasialklassen simpel an Courage gefehlt, und sie hatte sich im Schirachschen Garten salviert. Die feindlichen andern schlugen drein, als gelte es nicht den kindischen Ernst eines Kräftespiels, sondern Sieg oder Tod.

Ich glitt durch die Tage und weidete durch die Jahre hin, die Augenblicke sogen sich voll Zeitlosigkeit und häuften sich zu Schichten und Gruppen, die unzusammenhängend mit dem Organismus des Schul- und Hauskinderdaseins das Leben im Rhythmus voranführten. Ich lebte mit Lederstrumpf und Sigismund Rüstig kameradschaftlich, einhellig und von ihrem Wesen sattgesäuert und zufriedengeläutert, mit Gestalten eines seltsamen Bandes, platzend voll eines Geschehens, das mich, ungläubig und überzeugt zugleich, oft bedenklich zurichtete, dagegen als widerwilliger Knecht, barsch geheißen, aus meiner Verstörtheit aufzumerken auf ein hochfahrendes Kreisen von gewalttätigen Herrlichkeiten. Der Name auf dem Titelblatt mißfiel mir, ich ließ ihn außer acht, bis ich später feststellte, daß es ein einbändig vollständiger Shakespeare, übersetzt von Fischer, Böttger, Ortlepp, Oetkers und andern, war. Schmöker jeder Art waren willkommen, ich lief ihnen nach, kannte und achtete nicht Namen, Rang noch Stand – alles war gut, wenn es nur den Zauber besaß, mich meiner selbst ledig und von mir vergessen zu machen. Doch das Leben nahm mich bisweilen am Genick und stieß mich mit der Nase in seine Wirklichkeiten, ich bekam die Elementarbücher des Geschehens um die Ohren geschlagen, daß mir der Kopf brummte.

Den Marterweg eines Menschen, der sich unter Krämpfen durch die Stadt schleppte, begleitete ich, unfreiwillig und fast unwissentlich, von Station zu Station, vergessend, wo, wer, was ich sonst war, wenn nicht der Mann der Schmerzen selbst, vielleicht schwerer leidend, im Gefühl unbarmherziger geschüttelt als er – – –. Mit unserm Kutscher »Hoschen«, wie wir ihn nannten, saß ich einst neben den Pferden auf der Diele eines Bauernhauses, in dessen innerm Raum sich das Letzte eines an Diphtherie sterbenden Kindes begab. Mein Vater und der des Kindes unternahmen drinnen irgendwelche verzweifelten Handlungen zur Rettung oder Erleichterung, wovon die Tochter des Hauses der Mutter von Zeit zu Zeit wie mit gewürgter Kehle die grausigen Einzelheiten zutrug. Diese beiden Frauen standen vor unsern Augen leibhaftig im Tiefsten der Hölle. Als alles vorüber war, begleitete der Bauer meinen Vater an den Wagen, drückte seine Hand und sah immer noch wie ein Mensch aus. Wir fuhren heim und beobachteten ein schweres Schweigen gegeneinander. Als an einem der nächsten Tage die Mutter des Kindes aus dem Sprechzimmer trat, vor dem ich gelauscht hatte, weil mein Vater seltsam eindringlich und, was mich betroffen machte, wie selbst erschüttert zu ihr gesprochen, sah sie über mich hin mit Augen, denen das Sehen anderer Dinge als des einen einzigen von damals verlorengegangen schien.

Die Last, Holzschnitt, 1922
11,3 X 9,1 cm

Einem Knecht auf Kogel war von der Maschine der halbe Arm abgeschnitten, nun lag er ohne Besinnung bei uns auf der Diele, wo man ihn abgeladen hatte. Ein blutfeuchtes Tuch war um den Stumpf gewickelt. Das zarte Kind Else Keferstein war bei meiner Mutter zu Besuch und fand durch den Halbverbluteten den Heimweg versperrt, sie war immerhin etwas älter als ich und wußte schon, daß der da eben ein anderer war als sie in ihrer backfischigen Wohlgeborenheit – ich hatte dagestanden und es nicht gewußt. Also der Zustand des Mannes setzte ihrer Fassung sehr zu, und sie mußte umkehren und sich an einem Gläschen Portwein erholen. Ich hörte aber die genaue Schilderung der Herfahrt mit an, die der Kogeler Kutscher Hoschen machte – nach solchen und ähnlichen Einblicken blieb ich viele Tage unbrauchbar für das gemeine Leben.

Nun muß ich auch die sonderbare Erfahrung erwähnen, die ich mit einem meinen Händen anvertrauten Kaspertheater machte. Es war ein Weihnachtsgeschenk, die Veranstaltung meiner Mutter, die hauptsächlichste, fast einzige Gabe dieses Abends, und ich hatte sie ohne zugreifende Lust empfangen. Dieser Abend machte mit der Vorstellung der unerschöpflich sprudelnden weihnachtlichen Lustquelle ein Ende, Trauer kam über mich Armen, der sich im voraus so unendlich gefreut hatte und doch nur mit halber Lust beglückt war. Das dumme Theater! Aber wenn ich dann doch einmal die Puppen zur Hand nahm, halb neugierig, was wohl damit zu vollbringen sei, vielleicht durch die Erwartung der Brüder oder Freunde gereizt, so fuhr etwas von ihnen in mich, so daß das Ding einen selbsttätigen Verlauf einschlug, daß die hölzernen Köpfe von Kasper, Tod und Teufel durch meinen Mund ihre Sprache rappelten und daß da überhaupt Vorfälle sich schoben und miteinander tanzten, deren Anstifter zu sein ich mir nicht bewußt war. Es brauchte keine Mühe, höchstens einen gewaltsam hergestoßenen Anfang, und das Stück bekam Fortgang und Ende.

Mühe hatte ich aber beim Zeichnen – etwas zu erfinden, ja, das war wohl nicht so schwer, aber solche schönen Blätter wie die der Prachtausgabe zu Hauffs Märchen etwa zu kopieren schien mir schon darum verdienstlicher, weil es weit mehr Arbeit kostete. Eines von diesen mit Blei tief ins Papier gegrabenen Stücken bekam mein Vater zu Weihnachten. Er fühlte sich wohl durch meinen guten Willen erfreut und stellte den Karton in seinem Sprechzimmer auf; als dann einmal ein Bauer staunend davor Halt machte und zu hören bekam: »Dat hett min Jung makt«, meinte er ehrlich: »Dat mütt jo een kloken Jung sien.«

Ich legte indes meinen Kanon des Schönen fest, oder machte doch Anstalten dazu – muß ein Profil nun so oder so verlaufen, um das zu sein, was als Ausdruck der baren Herrlichkeit gelten konnte –, ich zeichnete mit Qual, weil ich die Beschaffenheit dessen nicht erkannte, was ich zustande brachte, und sah mein eigenes Gesicht im Spiegel oder sonst jemandes mit schmerzlicher Neugierde, wie, was ich sah, eigentlich war und was es mit dem Eigentlichen an diesem – genau besehen Unbekannten – denn wohl schließlich auf sich hätte.

An einem Nachmittage, als wir aus der Schule kamen, standen die Eltern uns erwartend zusammen da. Meine Mutter war heimgeholt und erkannte an unserer stummen Verlegenheit und befangenem Grüßen ihre Söhne. Das Haus hatte seine Ordnung wieder, die Ehe blieb ungetrübt, das Dasein ließ sich harmonisch an, das alte Haus wurde mit einigem Aufwand renoviert, und doch, als meine Mutter eines Tages durch die offene Haustür und alle friedlich daliegenden Räume hindurch uns vier gemächlich auf dem Rasen des Gartens balgen sah, zog die Ahnung von dem Unbestand dieses behäbig gelagerten Seins durch ihr Herz.

Vor Pfingsten 1884 reisten die Eltern miteinander zum Besuch der Altonaer Verwandten, mein Vater kehrte zurück und ließ seine Frau einige Tage allein, um in der neuhergestellten Gewogenheit der Sippe warm zu werden. Ich lag im Bett, als ich ihn bald darauf von einer Fahrt spät heimkehrend zu dem Mädchen sagen hörte: »Der Kutscher ist krank, und ich bin auch nicht wohl, Sie dürfen niemand hereinlassen.«

Es kam aber doch zu einer Bestellung aufs Land, der Arzt ließ sich nicht vergebens rufen und kehrte nach einem weiten Fußmarsch bei Nacht krank zurück. Die Herren Kollegen sahen in dem Ganzen den Anlaß zu einem launigen Konzil am Krankenbett, kamen und gingen, berieten ein bißchen und lachten aus vollem Halse über so ein Ding von Lungenentzündung, qualmten das Zimmer voll Rauch und blieben alle miteinander aus, als die Krankheit auf diese Art Behandlung nicht einging. Meine Mutter wurde gerufen, Onkel Karl, Arzt in Neumünster, eilte herbei und sagte eines Morgens früh, während er sich mit Vehemenz die Zähne putzte, zu mir: »Du, mit deinem Vater steht es faul« –, reiste aber ab, weil er schwere Fälle in eigener Praxis wahrnehmen mußte.

Der Arzt war ohne Arzt.

Am Dienstag nach Pfingsten wurde ich gerufen und mußte sehen, wie ein Zoll zu früh eingefordert wurde, ein Zoll, den ein Mann nicht anerkannte und der grausam eingetrieben ward.

Am Nachmittag dieses sonnigen Junitages gingen wir alle in die Pfeifenkrautlaube und hörten die Stunde drei vom Kirchturm schlagen. Sonst war alles totenstill, und die meinem Vater beschiedenen fünfundvierzig Jahre waren um.

Ich fühle mich sehr

Meine Mutter zog im Herbst 1884 mit uns nach Schönberg zurück, ich war vierzehn Jahre. Sie ging täglich und stündlich gefaßt und tapfer den Witwenweg der sorgenvollen Alltäglichkeit – ich, als Schüler nichts Ganzes, weder gut noch schlecht, spitzte die Ohren und horchte seitwärts und aufwärts nach all den neuen Tönen, die meinen Flegeljahren gepfiffen wurden. Da fand ich als erstes und Hauptstück die wuchernde, sozusagen aus dem Rinnstein und dem holperigen Pflaster des Nestes sprießende blaue Blume einer waschechten Romantik ohne Hemmung, Hut und Üblichkeit, in die ich, noch mit kurzen Hosen angetan, hineintaumelte.

Dazumal litt ich obendrein hart an dem Begehr nach Bewunderung und Geltung und ergab mich weidlich dem Kultus des falschen und erschwindelten Bestauntwerdens – so malte ich mir aus dem Tuschkasten eine rotklaffende Wunde auf die Stirn, ging auch gehoben von der eingebildeten Würde als Sozius eines wüsten Abenteuers damit auf die allerdings nicht mehr taghelle Straße, weiß aber nicht, ob irgend jemand von dieser Mordgeschichte Notiz genommen hat.

Zugleich rüttelte ich die Schwingen und warf mich in den Äther, wo er sich am grenzenlosesten breitet. Mein Raptus einer ungeschorenen Reim- und Versschreiberei regte sich bald in wutartigem Schuß, bald gefiel er sich in einem vertrackten Zuschnitt von Putzigkeit.

Ich hatte vom Vater einen Westentaschen-Seume, enthaltend den Spaziergang nach Syrakus, geerbt, und dieses Dingchen von Buch, dessen Besitz mich seltsam befriedigte, als ob ein Leitfaden zum Leben als Wanderer, Schriftsteller und Sonderling ganz eigen für mich zugerichtet sei, ließ mir keine Ruhe, bis ich ihm ein Gegenstück leiblich gleicher Beschaffenheit erstellt hatte, aus der eigenen Feder mit mikroskopisch kleinen Schriftzeichen – schrieb und schrieb ohne Rücksicht auf die Augen und erlaubte obendrein meinen drei Brüdern, sich mit Zuhören abzuquälen, wie das trächtige Bäuchlein von Buch immer voller wurde.

Dann wurde mir eine Tür geöffnet, und ein sanfter Schub ermunterte mich einzutreten in ein Werkstübchen, von dem ich nicht wissen konnte, daß es sich zur Lebenswerkstatt auswachsen würde. Ich erhielt von der Frau Schuldirektor durch Vermittlung meiner Mutter die Aufforderung, für ein so oder so geartetes Brettspiel ein Dutzend Vögelchen zu kneten, ein Klümpchen Ton in die Hand zu nehmen und – nun als Anfang – einen Kiebitz zu formieren. Es wurde einer, und das andere Geflügel folgte, bis das Dutzend voll war.

Halt, dachte ich, die Art Hantierung tut gut, – – die blaue Blume wucherte lustig weiter drauflos, irgendwo bei einem Schulausflug goß ich mir ahnungslos eine Feldflasche voll Branntwein auf Anraten eines Mitschülers in den Hals und kam mit dem Leben davon, ich weidete weiter durch Wald, Wiesen und Felder mein Dasein im Ausgleich von Tun und Lassen, Versorger meines Hanges zum ziellosen Schweifen, meine mir genehmste Art, auf der Welt mit der Welt zu sein, ich hockte in den Klassen, rutschte von den Bänken der unteren auf die der oberen – Edmund Steffan, dessen Mund noch immer nicht weiträumig genug war, um alle heiseren Wortklumpen halbwegs geordnet oder gegliedert auszuscheiden, fing an, für mich in ein Nichtsein zu gleiten, die alte Hörigkeit war längst verdorrt, ich trug meines Vaters solide Schoßröcke auf – und war bei allem einer geheimen Sicherheit wo nicht stolz, so doch froh, wo nicht froh, so doch zufrieden, wie wenn sich ein schwaches Bewußtsein regte, als ob ich in meiner Tasche einen Heckpfennig trüge, ein so zauberhaftes Stück Eigentum, daß mit dem Wechsel der Taschen gleichwohl keine Änderung seiner Zugehörigkeit, kein Wechsel im Bewußtsein unserer tröstlichen Gemeinschaft miteinander stattgefunden hätte.

Ich werde geschoben

Es gingen Zuckungen in mir vor, daß alles sich fieberhaft und wütend umwälzte. Ob sie wirklich aus der beglückenden, oft aber quälend ratlosen Wachheit kamen, wie ich nicht anders denken konnte, oder ob es Zustände einer noch ungelösten Schlafgebundenheit, ein Gähnen und Recken vor der Entpuppung waren – es geschah mit mir zu meiner Not und zu meiner Lust – ein gewiß nicht scheinfrommer Jüngling und dabei immer zu Narrenspäßen aufgelegt, wohlbehaglich mit der ererbten väterlichen Pfeife und lieben Büchern in die Häuslichkeit eingeschmiegt, ein ebenso guter wie schlechter Sohn und Bruder, ein rastloser Besinger von Familienepisoden in gutgemeinten Reimen und immer wieder vom scheuchenden Pochen eines Fingers aus irgendwelcher dunklen Verborgenheit gestört, Grenzenlosigkeit fühlend in der engen, ach wie engen Wirklichkeit. Einem Stück oder mehreren Scheiten Buchenholz verhalfen meine Finger mit zufriedenem Getue zur Form eines Tieres oder Blattes und bewahrten sie vor dem Ofen. In der Werkstatt des Steinmetzen Busch uns gegenüber boten sich Bruchstücke von Grabsteinen zu allerlei schnurrigen und kindlichen Gestaltungsversuchen an. Meister Busch lobte zwar die ehrliche Ruhe meiner Hand, aber die einzelnen graden, nicht zu schlank und nicht zu fett ausgefallenen Buchstaben auf einer höllisch blank polierten Marmorplatte als Weihnachtsgabe für meine Mutter waren von seiner zünftigen Hand – auf die halbwegs unauffällig mitlaufenden geringeren durfte die meine stolz sein. Es waren friedlich belebte und mit leiser Inbrunst gefüllte Stunden, wenn ich mich so dem schönen Belieben ohne Selbstkritik überließ, meine Nase hielt wohlgefälligen Umgang mit Holzspänen und Sandsteinstaub, und die Welt war ein Kämmerchen für meine Selbstbescheidung, wo ich ohne Arg hantierte und eine Art Entfaltung mit der Gläubigkeit der Pflanze geschehen ließ. – Übrigens stelzte ich mit sehr steilem Rückgrat und steifem Nacken durch die Schönberger Straßen und machte mir eine Pflicht daraus, jener Partei des Städtchens, die gegen meinen Vater auf Seiten der zwei Herren Dr. Marung, Vater und Sohn, gestanden, wie diesen beiden selbst eine deutlich redende Kehrseite zu zeigen.

Ein unschuldiges Verslein brachte ich auf für die drei gemeinsam aus- und einziehenden Laienjäger Schacht, Scher und Duft: Duft, Scher und Schacht – de gahn up de Jagd – Schacht, Scher und Duft – de scheeten in de Luft – – Duft, Schacht und Scher – da kamt's all wedder her.

Auch den Bürgermeister, den schon mein Vater für parteiisches Verhalten mit einem lebend gebliebenen Wörtlein gestraft hatte, meinte ich, in der albernen Hochgeschätztheit allerseits beunruhigen zu müssen, holte weit aus zu einer geballten und doch scheinbar unbeholfenen, volkstümlichen Abfertigung in Knüppelversen, fand mich aber erst im Aufflug, als die Kraft des Vorsatzes schon erlahmt war.

Dann trat Friedrich Düsel, als Primaner zu Besuch bei Verwandten, auf den Plan, einem jungen Goethe gleich, uns alle mühelos überstrahlend, siegend durch raschen und regen Geist und – wie viele meinten – allzu gewagte Betonung seiner Persönlichkeit – frühreif und sicher im Umgang mit den respektiertesten Gewalten über uns –, so trat er daher, ein Anstoß für alle mündigen und unmündigen Angehörigen der Kaste, denen ein »Meenert«, d. h. einer, der sich für etwas Besseres hält und danach aussieht oder sich so gebärdet, ein gräsiges Exempel von Wichtigmacherei bedeutet. Düsels mit Mund-Nasenfalte schon bedeutungsvoll gezeichneter Kopf drehte sich auf zierlichem Bau, auch stieß er bei jedem seiner wohlgesetzten Schritte einmal mit dem flotten Hute leicht an den Himmel – und mich zog er mit sicherem Griff an seine grüne Seite.

Ich horchte auf und merkte flink, daß mir selbst alle Form fehle. Wir entfesselten einen stürmischen Briefwechsel, duzten uns überschwenglich und weihten uns gegenseitig in die aufregenden Zustände unseres Wesens, Lebens und Strebens ein – und, seltsam zu sagen, die frischweg am ersten besten Platz gegründete Freundschaft war nicht auf Sand gebaut und kam auch durch die Zeit nicht zu Fall. Wir schifften, mündlich und brieflich zu Werke gehend, flott auf die Höhen der Literatur, schaukelten lustig auf und ab, hegten uns willig in gutmütiger Gegenseitigkeit, und ich durfte mich, alles in allem, beglückwünschen zu einer kritischen Vormundschaft, die mir das Genügen an meinem bisherigen Daherklappern mit Wort und Reim dergestalt eintränkte, daß ich anfing, meine beste Lust als Spiel zu beargwöhnen, und überrascht mit der Nase an die unterste Sprosse einer Leiter stieß, die das bequeme Schlendern auf platter Erde nicht weiter zuließ. Freilich blieb ich einstweilen da unten hocken, aber der mir eingegebene unermeßlich gute Wille, die schicksalhaft mir gehörige Zähigkeit, eine Art Fluch zum Wollen, dem ich untertan bin, im Verein mit der Länge der Jahre, nötigten mich unerbittlich auf zur zweiten, andern und weiteren Sprosse.

Und so geriet ich unversehens ins achtzehnte Jahr, sollte die Schule absolvieren und dem Vormund auf die Frage nach der Berufswahl eine billige Antwort geben. Das Examen berechtigte zur Fortsetzung des Klassendaseins in der Unterprima einer höheren Anstalt, und die meisten meiner Vorgänger wurden, wenn sie direkt zum Beruf übergingen, Tierärzte, Postleute oder subaltern auf andern Beamtenbahnen. So lief meine Unentschlossenheit, einem ratlosen Mäuslein gleich, auf Treppen und Gängen gleich trostloser Möglichkeiten auf und nieder, ohne daß mir nur von ferne der Gedanke an Künstlertum gekommen wäre, als sich ein hilfreicher Zufall an mich machte, mir auf die Schultern klopfte und einen bündigen Fingerweis gönnte, dessen Richtigkeit allerseits anerkannt wurde. Der Sohn des Kantors Hempel hatte sein Zeichentalent an der Hamburger Gewerbeschule mit Erfolg gepflegt, hier war eine »gewerbliche« Bahn aufgetan, die das Glücken eines bescheidenen Vorsatzes wahrscheinlich machte. Der Herr Zeichenlehrer riet zu, der Vormund fand kein unstatthaftes Zuhochhinaus zu bemängeln, ich folgte fast mehr dem Willen der andern als dem eigenen, die kindliche Welt wurde hinter mir abgeriegelt.

Ich beiße an

Hatte ich eigentlich Talent? Mein erster Zeichenlehrer in Hamburg war ein regelrechter Original-Germane, Herr Woldemar, der Däne, Schüler Thorwaldsens, wie es hieß, ein zelotischer Herr, den sein Zorn in heftig hinschießender Fahrt erhielt, ein gewohnheitsmäßiger Zorn. Selbst wenn das Zetern einmal aussetzte, schien das abgeschnürte Pfauchen sich im Unterkiefer zu verkrampfen, und der dranhängende Beberbart kochte dazu. Immer war Woldemar bereit, sich in Berserkerei zu stürzen, immer bereit, zu erschlagen und zu steinigen. Ein Machtbold, der in Furcht und Zittern des Gesindes die Bestätigung seines Wertes sah. Er riet mir beim ersten Blick auf mein Zeichenbrett in der ersten Stunde, nur gleich meine Mühe einzustellen, ich würde niemals was Rechtes zustandebringen – schnaufte noch was Höhnisches aus den Naslöchern dazu und kehrte sich ab.

Aber ich folgte nicht, sondern erzwang in einem langen Kampfe seinen endlichen, herzlich widerwilligen Beifall. Nein, es war wohl kein Talent, was da in mir stak. Ein aussichtsarmer Gehorsam rieb sich auf in blindem Tun, und ich konnte nicht folgen, nicht, weil ich mir gesagt hätte, daß man Herrn Woldemar als einem geringen Gott keinen Gehorsam schuldig sei, sondern weil solches Folgen, verbissen, wie ich mich hatte, schon sehr bald nicht mehr zur Wahl stand.

Ich war in eine Zeit geraten, die für mich kein förderndes Beispiel übrig hatte, es war wohl wirklich Erbieten und Erwarten zwischen uns unnötig; ohne es zu ahnen, stand ich nackt und bloß in einer ungeheuren Einöde und konnte selbst zusehen, wie ichs treiben würde, stand und hatte kein Arg oder Scheu, versah mich keiner Probleme und zog, schneckengleich wohnend im kleinen Kämmerchen des willenlosen Gehorsams, unbewußt des Weges zum unbekannten Ziel.

Wie in Ratzeburg so empfingen mich in Hamburg Hans Hudemann und Vetter Richard, beflissen, mir die Fertigkeit in allen Lebenskünsten beizubringen, die sie inzwischen mit Hilfe von Eifer und guter Veranlagung gewonnen hatten. Die frühere Parole vom Leben im wilden Wald war zur Unkenntlichkeit verändert, sie beide hatten alle Wege zur gehörigen festlichen Gestaltung ihres Daseins gut markiert vorgefunden und hatten sie ohne Wank und Schwank betreten und betrampelt.

Richard hielt schon lange standhaft dicht vor dem Abitur und harrte in dieser Stellung weiter aus, ohne jemals anders als vergeblich anzuklopfen. Hudemann hatte es schneller sattbekommen, jetzt lernte er bei Cesar Wehrhahn Export. Selten sind herrliche Gaben so verludert wie in ihm, so voll Sonderlingsgeist war er, daß des Drangs scheinbar nur mit dem wüstesten Schleifen und Schlampen durch die für einen Wechsel von hundert Mark käuflichen Ablenkungen Herr zu werden war.

Ich als dritter war kein Spielverderber, sie melkten meinen mageren Wechsel mit dem Erfolg, daß ich eine besondere Art Lebenskunst zu meistern lernte, durch die sich das Leben gegenüber dem natürlichen durch Essen und Trinken zu einem Kunststück ohne dergleichen Regelmäßigkeiten erhöhte.

Eines Sonntagabends am Ersten des Monats brachen wir gutgetränkt aus der »Elbschlucht« auf, Hudemann mit seinen annähernd vollen hundert Mark in der Tasche zum Sturm gewillt auf das dunstige Hamburg, das da wie ein wehrloses Opfer vor ihm lag. Wir wohnten damals zusammen in zwei Zimmern, und mir bangte – mein ehrliches Interesse an seinen Goldstücken war nicht grundlos. Hudemann durchtanzte, die Zeigefinger wie Bockshörnchen vor der Stirn, die Reihen der Altonaer Bürgertöchter. Ich witterte Unheil und wurde hart, stellte ihn und pochte auf meine treue Bereitwilligkeit zum Aushelfen und erweichte ihn zum ausgleichenden Auftun seines Säckels, entlockte ihm fast das ganze Geld, nahm ihm obendrein behutsam die Uhr ab und ließ ihn dann einigermaßen getrost auf die Pferdebahn entspringen. Frühmorgens, heftig ernüchtert heimkehrend, fand er seine Bescherung auf der Kommode vor, nachdem er wegen des Verlustes von Uhr und Barschaft bereits auf der Polizei Lärm gemacht hatte.

Es war das Jahr des Unheils 1888, ich trieb mich, wo mir eine Freistunde verstattet war, in den windigen Straßen herum und sog in der wesenlosen Geschäftigkeit auf der Schule ohne Trost, Lust erfahrend nur bei Nacht, in Heimatsträumen mit Fieber und Schmerzen nicht ohne geheime Zufriedenheit unglücklich, eine Brustkrankheit aus dem kalten Frühjahr, lag bei meiner Mutter, die mit den Brüdern nach Lübeck gezogen war, lange krank, lernte von frischem gehen und ließ mich in ein Hospiz oder Internat für junge Leute an die Nordsee verschicken.

War ich lendenlahm eingeliefert, stach mich doch bald der Hafer, und ich fühlte mich hier als das übermütigste Füllen von allen.

Salomo Friedländer war mein philosophischer Tischnachbar linker Hand, auch ihm war es nicht erspart, freilich in knappem Schwung, mit gezügelter Vehemenz, im Vers das Aufblühen der eigenen Seele zu feiern, und so kam er zuweilen in sakraler Gebundenheit der Schritte auf mein Zimmer und las vom Blatt, was ihm gewiß vom Herzen geströmt war. Das konnte ich nicht unerwidert lassen und las meinerseits vom Blatt, das sich mit andern zu einem Busch von Blättern bauschte, was auch mir, aber massenhaft, vom Herzen geströmt war. »Herr Barlach«, sagte dann wohl in liebenswürdiger Neidlosigkeit Saly Friedländer, »ich erkenne, daß Sie viel mehr dichten als ich«, was ich arglos als Kompliment aufnahm. Mein Tischnachbar rechts war ein schwerkranker Bengel von erstaunlicher Superklugheit, ein unbeliebter Fresser und zugleich mein Zimmergenosse, der mit den Dünsten seines Gebrechens die Luft säuerte, und dabei zu meiner Qual ein Widersacher offenstehender Fensterflügel. Ich fühlte mich unschuldig an der Tatsache, daß er vor meinen Augen als fertige Karikatur hinging, und so begann ich eine tagtäglich zeichnerische Preisgabe seiner Schwächen als starker Esser, als wandelnde Selbstzufriedenheit, als unpassende Erscheinung überall, im Haus, am Strand und auf der Düne. Die Karikierung eines Geschlagenen läßt sich mit jugendlicher Roheit schlecht beschönigen, vielleicht entschuldigt man aber einen versucherischen Streich, der mich und den Chor der Teilnehmer ganz gut als die Beschämten hätte erweisen können. Ich schlich mich, nachdem ich die Nacht auf einem fremden Zimmer zugebracht hatte, bei Morgengrauen ins Gemach, verbarg mit aufgemachter Verstohlenheit zusammengeliehenes Goldgeld und ließ am Frühstückstisch aussprengen, die Post sei in der Nacht bestohlen, und der Angeber könne fünfzig Mark verdienen. Eigenbrod roch einen Braten, folgerte, daß ich der Dieb sei, und fühlte keine Hemmung seines Entschlusses, sich die fünfzig Mark durch meine Fällung zu verschaffen. Es wurde dann eine Art Verhör angestellt, das Geld im Tabakskasten entdeckt, und dann gings zum Mittagessen, wo ich die Rolle des Gefallenen und Gemiedenen zu spielen hatte, während die andern als Gott dankende Pharisäer auftrumpften. Eigenbrod fand auf seinem Teller einen Zettel von meiner Hand mit der Drohung: »Ich schneide Ihnen die Kehle ab, wenn Sie mich anzeigen.« Der Zettel wurde von ihm als Beweisstück deponiert, und so ging die heitere Tafelei bis zum Ende, wo ich denn an den Messerkorb ging und mit Blutdurst im Blick zwei Bratenmesser aneinander zu schleifen begann, bei welchem Anblick Eigenbrod zusammenbrach und aufgeklärt wurde.

In diesen Monaten gerann in meinem Bewußtsein so etwas wie die Vorstellung, daß man sich für ein Einziges und Wichtigstes bestimmen müsse. Vor meiner Erkrankung hatte ich bei dem Dresdner Bildhauer Thiele, der seit kurzem an der Schule lehrte, einige Abende in der Woche belegt. Thiele, der keine Tagesschüler hatte, suchte sich, wo er immer konnte, den Lernkörper seiner Klasse, dessen er zu endgültiger Anstellung bedurfte, zusammen und machte zwischen vorhandenem und mangelndem Talent keinen peinlichen Unterschied. Wie andern pflanzte er auch mir guten Glauben an bildhauerische Berufung ein, und mit dieser Einsicht machte ich meinen Onkel bekannt, der sich meinem Wunsche fügte. Als ich im Herbst von neuem die Schule bezog, war ich angehender Bildhauer, ohne daß ich darum der Woldemarschen Zeichenzucht entwichen wäre.

Unter den Schicksalsgenossen fand sich Garbers, der vom Graveur »zur Bildhauerei« übergegangen war, gereift und erfahrener als wir andern. Er hatte sich in der Fremde umgetan und aus einem vielfach geschichteten Leben durch eigenes Erproben Wissen und Begriffe gebildet. Der feinere Cornils stand auf langen, nicht sehr festen Beinen – und desgleichen war die Beschaffenheit seines geistigen Habitus, nobel proportioniert, doch mit Schüchternheit durchwachsen, letzter Nazarener und allerletzter, antiquierter Romantiker, leicht verrannt und doch kein Draufgänger. Da war der junge Mutz, in der knochentrockenen Töpferwerkstatt seines Vaters schmal und blaß geworden, der ahnungslose und ungestempelte »Westphal mit de Venusbeen«, der bravouröse Fixmacher und Hinschmeißer von Modellierarbeit »Fwanz« Ziegler und sein Vetter »Fwanz«, dessen stärkste Eigentümlichkeit in der absoluten Belanglosigkeit bestand – da waren zwei auswärtige Holzbildhauergesellen, und da war Ramme, der sich zum Nachfolger in der väterlichen Pappmachefabrik ausbildete. Ich – wie Garbers proklamierte – qualifizierte mich durchaus als kulturlos, ich röche »nach Bauer«, entschied er.

Wir kopierten nach Gips. Dazu, weil uns der Dyffkesche Aktsaal nicht offenstand, organisierten wir den »Aktverein«, wo wir zweimal wöchentlich in einem Eilbecker Vorstadtsaal Akte zeichneten, hinterher Bier tranken und so etwas wie ein Künstlerleben in unsicherer Nachahmung unklarer Vorbilder ins Werk setzten. Indes blieb die Arbeit Hauptsache – Aktzeichnen, ich muß bekennen, daß ich nie einen einzigen leidlichen Akt zustandegebracht habe, es ergaben sich aus meinem heißen Streben nichts als ausgezogene Männekens und entfederte Gänslein.

Auch durfte, wer wollte, nach Belieben komponieren. Wenigstens ließ sich Herr Thiele die Vorlage von Blättern eigener Erfindung gern gefallen, ja er hielt sogar das Streben nach selbständiger Darstellung nicht nur nicht für schädlich, sondern für entschieden wünschenswert. Ich, kaum dessen inne, biß an und suchte mein Heil in wütendem Beweisen grenzenlosen Wollens. Ich lernte ein halbes Hundert Cornelius'scher Faltensysteme auswendig und warf bald mit approbierten Gewandfiguren nur so um mich. Thiele lobte, und ich kostümierte hemmungslos gangbare Begebenheiten und kunstgeschichtlich herkömmliche Szenen nach einem geläufigen Schema.

Wie man aber auch den Kopf über so massives Irren schütteln mag, so vollzog ich doch mit diesem Tun den Anschluß an ehrwürdige Größe. Gleichsam körperlich schien ich mich unter hohe Gestalten zu mengen und war beglückt über die Schatten, die von ihnen auf mich fielen. Meine Hände liefen beweglich dem erhabenen Gefüge einfältiger und grandioser Herrlichkeit nach, meine Seele verlor sich in Glut und Licht, das mich aufsog und entselbste. Ich hatte schon als Kind das Glück des Einklangs in überpersönliches Sein geahnt, und kein Widerstreben hinderte mich in dem ehrlichen Genügen beim Angleichen an das ehemals und noch jetzt anscheinend Vollkommene.

Das ging wohl eine Weile gut so, aber dann ward ich abgestoßen und verworfen. Womit konnte ich den Anspruch auf Teilnahme an

Verklärtheit begründen, da ich nichts beitrug, sondern nur empfing, wo nicht raubte? Unlust und peinigender Mangel an Trost ward mein Teil, und ich mußte mich bequemen, wenn auch nichts als ich, so doch immerhin ich selbst zu sein. So begann ich das Gold meiner Zufriedenheit in der zeitlichen Wirklichkeit auf der Straße zu suchen.

Da liefen Menschen zu Tausenden hin und her – und ich griff, in den Überfluß der Erscheinung gestürzt, hastig und unermüdlich bis zur Abstumpfung in die rechte Tasche zum Bleistift und mit gleichem Takt in die linke zum Büchlein, und dann gab es ein paar Linien und allermeist ein trauriges Ganzes oder ein schäbiges Flickwerk. – Es mußte, es mußte, es mußte sein, aber welches Ende winkte diesem Beginn? Das Ding, das ich mit trauervoller Gezwungenheit gewissermaßen als Sträfling trieb, war der Trauer und der Verbissenheit offenbar nicht wert, und doch kam kein Zweifel in mich, und nichts desgleichen Wichtiges gab es zu tun. Ich staunte über die Seltsamkeit der Tatsache Mensch und erbrach mich gleichzeitig über den Unsinn eines solchen Seins. Ich schämte mich dieser hündischen Zeitgestalt, als wäre es mein Werk, und selbst in der Gestilltheit, die mich tröstete, wenn ich mir vor meinen Blättern wachsendes Können gestehen durfte, spürte ich den panischen Schrecken vor einem so beschaffenen Dasein. Ich hatte Zeiten, wo die Versicherung des einstmaligen Gestorbenseins in überströmende Dankbarkeit wie für eine Gnade ausmündete. In voller Lauterkeit wandelte ich auf dem Pfade eines kreuzbraven Pietismus. Da war, wenn nun die Panik abließ, Problemlosigkeit, und da war eine nahrhafte tägliche Saugflasche voll Gläubigkeit, die einstmals, wenn die Zeit erfüllt war, im Gefühl der grundlosen, todsichern, selbstverständlichen Überzeugtheit vom Sinn des Seins als freudiger Gewißheit eines über menschliche Ermeßbarkeit Guten ausgehen mußte.

Man könnte sagen, daß das, was mich bei meinem Streben dennoch quälte, das unbewußte Wissen vom Einssein mit allem Menschwesen und der Unentrinnbarkeit vor dem mit ihm verketteten Fluch gewesen wäre. Aber das soll so sein, oder mag es nicht, gleichviel.

Hähnel in Dresden, Thieles Meister, lebte damals noch, und Schüler seines Ateliers zu werden, war Heilsmöglichkeit weit über alle anderen für unser Häuflein, das seiner Urteilslosigkeit unbewußt war. In Hähnels Atelier sahen wir den Paß zur wohlgeordneten und zweifellos erfolgreichen Talentübung, bei Hähnel war die einzig rechte Schule, da winkte der Gewinn der höchsten Vortrefflichkeit, so altklug überzeugten wir einer den andern von der Bekömmlichkeit einer Wahrheit, die ihm selbst gewaltsam eingelöffelt war.

Krautpflückerin (Rübensammlerin), getönter Gips, 1894
51 X 53 X 30 cm
1898 als erstes Werk Barlachs auf der Großen Berliner Kunstausstellung
unter dem Titel »Arbeit«
Sigrid Genzken-Dragendorff, München

Mich nannten sie etwas mitleidig den Genrebildhauer, weil ich
nun begonnen hatte, die auf der Straße errafften Alltäglichkeiten für

knetbar und plastisch darstellbar zu halten. Hier fand Thiele »ä Haifchen« und dort wieder »ä Haifchen«, faustgroße oder noch kleinere Manifestationen in Ton, die ich und mit mir ein armer Kerl aus der verdumpftesten Hamburger Kleinbürgerlichkeit in den Winkeln der Klasse verstreuten. Diese »Haifchen« vermehrten sich kaninchenartig und scheuten mit Recht das Licht – unsäglich verschämte Keimversuche eines Wachstums auf keinem andern als dem eigenen Grund, von dem bedürftigsten Vermögen gefördert. Bei dem allen ließ ich der »klassischen« Herrlichkeit ihren Preis, es stand durchaus so, daß sie ihrerseits nichts mit mir zu tun haben wollte, daß sie mir keinen Teil an sich gönnte und mir die Unzugehörigkeit mit schnaubendem Woldemarschen Hohn schonungslos dartat. Seltsam war nur dieses leichte Zucken der Lust im Herzen, das allemal kam, wenn meiner Armut ein Fündlein gelang, wenn die erbärmlich ratlose Jugend eine Witterung bekam von dem selbstverständlichen Wege, auf dem in nichts ein Verlaß war und der wohl in Wirklichkeit von dem anmaßlichsten Belieben gesucht wurde. Auftrumpfen gegen jede Leitung und gleichzeitige Demut alles Mühens war der Mist, auf dem ein jungdreistes, sonderbares Gewächs entstand.

Die Schar derer, die nun in Ton und Gips allerlei Figürliches schulgerecht vollbracht hatten, war im Laufe der drei Jahre zerbröckelt und von Thiele dirigiert in der Windrichtung des Hähnelschen Ateliers verflogen. Ich als letzter wurde nachgezogen, ohne daß ich eines bestimmten Zieles inne gewesen wäre.

In Dresden erwarteten mich mit andern Garbers und Cornils als Geleit durch die Pforten des akademischen Lebens. Beide hatten Samtjacken angelegt und stampften mit Ebenholzknüppeln auf den klassischen Boden, Garbers bereits als Meisterschüler im Hähnelschen Atelier, scharf auslugend nach Aufträgen für den Neubau des Hamburger Rathauses.

Als ich kaum ein Vierteljahr in der Unterklasse gezeichnet hatte, starb Hähnel und das ganze Hamburger Korps hatte die kümmerliche Genugtuung, ihn zu Grabe zu geleiten.

Ich gehöre zween Meistern

Das Leben meiner Mutter hatte schon lange keinen selbstigen Gehalt mehr. Die, denen sie das Leben gegeben, mußten ihr den Sinn fürs Dasein schaffen, so verlegte sie ihre Häuslichkeit dahin, wo ihre Söhne zur Ausbildung im Beruf für kurze Zeit lebten, und so vollzog sie den zehnten Umzug seit ihrer Heirat, um mit mir in Dresden hauszuhalten. Es geriet uns beiden zu Unbehagen. Der Glaube an ein leise lächelndes Glück im Winkel bestimmter Art, und zwar einzig von ihrer opfernden Mütterlichkeit bestimmt, wurde wieder getäuscht, der abermalige Aufflug ihres Vertrauens versagte, und in kurzem rumpelte der Möbelwagen zum elften Male mit dem reduzierten Hausrat davon.

Ich fand als Meisterschüler meinen Platz bei Hähnels Amtserben Robert Diez – Diez, der es mit dem genau nahm, was die Verwalter des so geheißenen Idealismus Plunder und Unwesen am Bau des Doms schalten, an dem wir alle uns beim Werk glaubten – der mit dem Finger auf das kaum Merkliche im Verhalten der Natur hinwies und mit dem Nagel das Dürre und Fette, das Weiche und Halbharte, das Versteckte und Verstohlene am studierten Modell beklopfte und umzirkelte, der immer eifrig die Kulturen seiner Schüler nach den verzagtesten Keimen von Eigenart absuchte und Hebammendienste bei jedem ehrlichen Vorhaben unserer Unreife leistete. Mir gönnte er manches väterlich ermunternde Wort, weniger vor den Atelierleistungen als beim Durchblättern der Büchlein mit den Beweisen meines Privatfleißes auf der Straße, in der Kneipe, mit den Zeugnissen meiner Besessenheit, aus allen Zwischensituationen und den ungebräuchlichsten Blickwinkeln Darstellbares, wenn es nicht anders ging, zu erpressen.

Der junge Begas dilettierte hier und betrieb mit dem dämonischen, bis zur Ableugnung jedes überlieferten Wertes ungebundenen Hösel eine unterhaltsame Zwietracht, bei der es sogar zur Explosion von Miniaturpulverfässern kam.

Hösel war ein waschechtes Genie, das einzige von uns allen. Er baute einen »Neger mit Hund« im Umsehen lebensgroß so schlagend auf, daß Diez jedes kritische Wort schuldig blieb. Er entledigte sich vorsätzlich all und jeder Unnatürlichkeit, wie sie uns armen

Zeitgenossen als fluchvolles Erbe von Jahrtausenden eingeboren war, er ließ fast alles fahren, was er nicht selbst und persönlich ur-erzeugt hatte, und seine Jahre goren beispielhaft – wir andern konn-ten, bei solchem Vorbild, manches Experiment sparen.

Garbers litt es nicht lange im Atelier des neuen Meisters Schilling, er fingerte zäh und gewandt an seiner Selbständigkeit durch Auf-träge aus Hamburg. Ich lernte unter seiner Anleitung ehrbar ze-chen, einen Trunk tun, ohne die Besinnung zu verlieren, saß am Tisch bei seinen älteren, gleichfalls selbständigen Skat- und Schach-brüdern und ließ mich ins Vertrauen manches Ungemachs ziehen, das den Menschen in der Jugend begegnen kann. Auch erkannte ich vielerlei als kühn, glanzvoll und höchst erwünscht Verschrienes als nur zu gewöhnlich – bis das Ungewöhnliche selbst dicht an mich heranrückte.

Ich litt an Herzbeschwerden und ward Patient bei Dr. Klencke. Klencke riet mir Mäßigkeit an, empfahl mir aber keineswegs Enthal-tung von seinem Umgang, und so war ich zugleich mit heilsamen Vorschriften wohlversehen und in Kreisen zugelassen, wo es am wenigsten auf Beobachtung solcher Regeln ankam. Wenn Klencke das groteske Falstaffsche Koller ablegte, stand er als Jean Paulsche Figur da; von Form eines gedrungenen Eichenfasses, von bärenstar-ker Gesundheit erblühte sein Wesen doch in possierlichster und zartester Anmut oder feierte das Glück seiner Schwere und seiner Kraft, wenn der Strudel um und in ihm ebbte, wenn die Stille des Waldhäuschens auf der Loschwitzer Bergkrone sich wie ein weicher Mantel um ihn legte, wenn er verschnaufte und mit dem brüderli-chen Gott redete, der weit und wild und weich war wie er selbst, der sich in Schnee-, Regen- und Donnerwetter, in Mondnächten und tauigen Sonnenmorgen offenbarte. Ich war ihm bequem als allen romantischen Situationen gerecht werdender Waldbruder, Dort-chen Lakenreißer und ihre zahlreichen Geschwister als Helferinnen zuzeiten, da kein anderer Trost als aus weiblichen Händen ihm anstand. Eigentliche Orgien hat es aber da oben nie gegeben, die gesunde Nüchternheit kleinbürgerlicher Herkunft, so etwas wie Luthersche Biederkeit, verhängte selbst über die ausgelassenste Nachtspäte eine solche Reinlichkeit, daß man leicht denken konnte, es handle sich bei den Zusammenkünften im verschneiten Berg-häuschen um Geheimbündelei oder Sektiererei, der Geistmensch

Klencke bewies eine unbetonte Würde auch da, wo kein Späher nach allzu menschlichen Episoden zu befürchten war.

Oft war ich tagelang allein im Gehege, leerte die Vorratskammer und schlenderte in der Geborgenheit ihres unmerklichen Wandelns durch die Zeit. Auch griff ich zum Pinsel und befleckte die Wände der oberen Gelasse mit Malwerk – wildes Grau donnerte über die Flächen, und Phantastik wetterte durchhin. Meine Verschwärmtheit kreißte, und Ausgeburten aus Nacht und dickgebrauter Dämmerung krochen fledermausflügelig zutage. Heftig ausfallendes Selbstgefühl trieb Absonderlichkeiten in Tracht und Gewohnheit hervor – Meister Diez' Brillengläser wollten springen, wenn ich mich auch vor ihm nach Bedürfnis meines Überschwangs regte, so staunte es hinter ihnen, denn die Diezsche Seele hätte, behauptete Klencke, mit chronischer Verstopfung zu tun, und ihr fehle nur ein tägliches Glasscherbelklistier von Klenckescher Zurichtung.

Die romantische Weihnacht, wo der Berg sich im Geläut des Dresdener Tals mit uns gewiegt, wo ich den dicken Dichter Stegemann, den Klencke zum Wagnis eines Heiligabends in Schnee-Einsamkeit beredet, zu Bett brachte, indem ich ihm mit den Stiefeln fast die geschwollenen Beine entriß, war verklungen. Garbers hatte sich den Zauber in kluger Gelassenheit angesehen und ganz und gar bewiesen, daß in seiner Seele kein Zunder war, in dem Stimmungsfunken zündeten, auch nicht, als Klencke beim Abstieg am ersten Feierabend durch den Ziegengrund über das Tal, in das der Sternhimmel nicht ein Meer, wohl aber einen Weihnachtssack voll von Funken gestreut zu haben schien, Wanderers Nachtlied: »Der du von dem Himmel bist ...« hinsprach wie einen Segen, dessen er selbst sich in der Sehnsucht seines Ich bedürftig fühlen mochte. Seine Stimme war »mächtig und gelind« und reichte hin über alle Weite – er hatte seine beste Zeit gehabt, die Zeit des Werdens, Ringens und Hoffens. Als erstes, beim Kennenlernen, hatte er mir gesagt: »Ihr Künstler seid die einzigen, die sich ihrer Sache opfern, ohne sie durch Zwecke zu schänden.« – Als er hoch stieg, reich wurde, Bergbesitzer, Pascha und »Oberarzt« aus eigener Macht, wurde auch seine Rede anders. Als letztes, aus der Geilheit seines überwuchernden Glücks, bekam ich diesen Segen: »Wenn Sie die dämelige Kunst nicht aufgeben, werden Sie auf dem Misthaufen verrecken.«

Das Atelier Diez vollbrachte an mir kein Wunder. Ich modellierte für mich hin, und was ich im Sinn hatte, wußte ich nicht. Einst kam Reinhold Begas, um sich an den Fortschritten seines Sohnes zu erfreuen, und ging mit kühler Großartigkeit durch die Reihen unserer Werke, stand auch bei mir ein halbes Minütlein still und faßte ein handgroßes Stück Ton ins Auge, an dem ich gerade herumdrückte und das mir selbst ganz im Gedächtnis zunichte geschwunden ist. Er aber hatte darin etwas gespürt, und als ich 1900 einen Besuch in seinem Berliner Atelier machte, erinnerte er sich der »Bergspitze«, einer in Flächen geschnittenen Fügung, eines Kubus, von dem ich selbst nur wissen konnte, daß so was höchstens als beiläufiges Füllsel zwischen ernsten Arbeiten galt.

Mit der Gestaltung einer niedergebogenen Krautpflückerin, die ich in Friedrichroda, wo nun meine Mutter wohnte, gesehen, beschloß ich die Studien.

Garbers hatte in Dresden einige große, aus Hähnelscher Schule kommende, recht frische Fassadenfiguren für das Hamburger Rathaus geliefert, man witterte eine ins Ragen kommende Hoffnung in ihm und schob ihm ein Stipendium nach Paris in die Tasche. Ich spürte bei dieser Nachricht Morgenluft und sah im Teilhaben an seinem Unternehmen die wohlgetroffenste Verwendung für die Reste meines väterlichen Erbes. Diez riet dringend zu, und im Mai 1895 machten wir uns davon.

Wohin treibt der Kahn?

Als wir sahen, daß es Ernst wurde mit dem Ankommen in Paris, zogen wir unsere bereitgehaltenen Glaces an und meinten nicht anders, als sie erst beim Verlassen der Stadt wieder abstreifen zu dürfen. Wir hatten uns arg vertan, aber Fremdheit schlug uns doch entgegen und machte unsern Atem kurz.

Hierin ungleich meiner Mutter, der das Abbrechen der Zelte jederzeit so leicht wurde wie das Aufstellen, fühle ich an fast jedem neuen Ort Wurzeln wachsen, deren Abreißen weh tut, so geschah es auch mit Paris.

Taschenbuchblatt aus Paris, Bleistiftzeichnung, aquarelliert, 1895

Wir blieben zunächst gemeinsam in einem kleinen deutschen Hotel der Rue de la Bastille beim braven Bofinger aus Schwaben. Der Maler Schenck in Ecouen, wenn man so wollte, eine Art von Onkel zu mir, ein Mann in guten Jahren, Besitzer eines geräumigen Weinkellers und in bequemen Umständen, hielt mich offenbar für einen rotznäsigen Anfänger und versorgte meine »Unbedarftheit«, wie er als Holsteiner die gelegentliche Zutäppischkeit meines Wesens auslegte, bedürftig einer nur in Paris durchführbaren Dressur, indem er mich an seinen Freund Julien empfahl – und kurz und gut, ich zeichnete einige Wochen oder gar Monate auf der Akademie Julien Akte, schlechte, langweilige Richtigkeiten, Zustände einer schlechten, langweiligen Kleiderlosigkeit bei männlichen und weiblichen Darbietern von so viel Mangel an Trost, daß ich nicht einsehen konnte, weshalb man sich eigentlich mühe – ich, dem beim Gang über die Straßen der Bleistift in der Hand vor Ungeduld zu tanzen begann.

Garbers schonte seine Hosen gleichfalls nicht, aber es geschah an einer Zweigstelle desselben Instituts. Wir dursteten so tapfer, wie wir kameradschaftlich hungerten, aber wir fanden es läßlich, gelegentlich beim nächsten Tage eine Anleihe zu machen, für den wir uns gegenseitig doppelt tapferes Dursten und Hungern garantierten. Doch am Ende erkannten wir diese Tapferkeit als unwirtschaftlich, sie sollte die Pariser Zeit strecken und mit ihrer Länge unser Können fett machen, aber sie kümmerte sich nicht ums Können, sondern fraß unsere Kräfte. Für Garbers entfiel überdies beim Aufgang von neuem Verdienstglück aus Hamburg die Notwendigkeit strenger Lebensordnung, er blieb bei Bofinger, ich mietete im Süden ein gartenwärts idyllisch-kleinstädtisch gelegenes Atelier. Da hockte ich, versorgte selbst den Tisch in meinem Haushalt, den ich alt für fünfzig Francs gekauft, ungerechnet der zahllosen Wanzen, rauchte langstielige Kalkpfeifen, zeichnete und schrieb und traf Garbers zu Abend im Café. Nun hatte dieser Garbers immer die Narrheit gehabt, mich für einen richtigen Bildhauer zu halten, wo ich doch offenbar im ganzen ein braver Sonstjemand war, etwa ein Genie im Finden von Erfreulichkeiten zwischen den Zeilen, ein bißchen oder gar nicht wenig Eulenspiegel, bei andauernd guter Führung vielleicht einst ein richtiger Zeichner – was wußte ich! Er fand aber meine Anfänge in den »Fliegenden Blättern« triste, eben ein Bildhauer wäre ich, so ließ er nicht ab zu behaupten. Selbst ein mehr gehauchtes als körperlich dingliches Relief, eine Hannele-Vorstellung von engelhafter Rast auf Wolkenwegen, machte ihn nicht irre – nur auf das Schreiben sah er scheel und erschrak, als ich eines Abends beichtete, daß ich den ganzen Tag »gedichtet« hätte –

ich hatte aber nur die Ritzen in meines dünnwandigen Ateliers Seitenluke vor der nahenden Kälte dicht gemacht.

Es hat nicht lange gewährt, da entwöhnte ich mich des Fremdseins und nahm willig die Nahrung an, die Paris mir bot.

Es wird mir leicht, Vertrauen zu fassen, und ich fühlte mich bald am rechten Ort zwischen Straßen, Plätzen, Ufern und herrlich gefaßten Weiten. Wie die Strömung des gedehnten Raums, die denk- und schaubar gemachte Ungestalt der vier Windrichtungen, wie die Leere, die durch Begrenzung Fülle wird, mich einsogen und anglichen, so geschah es im Geklüft des Louvre, das mich verschlang und tage-, wochen-, monatelang behielt. Ich ging da um wie der unvermeidliche Hausgeist, eingefleischt, zugehörig und des Dings gewohnt wie eine Ratte ihres Lochs, oft nur eines Bewußtseins, »heim« zu sein, froh.

Ich schrieb damals etwas wie einen Geisterroman, indem ich zwei symbolische Gestalten miteinander ziehen und, nun eben in Paris, abenteuern ließ. Zuviel Schnurrigkeit, absonderliches Überschlagen aus der Alltäglichkeit ins Märchenhafte und in Traumwillkür, kleinmäßig zufrieden schwelgende Gemütlichkeit mögen seine Hauptfehler gewesen sein. Ich sah eben trotz oft beliebter Grämlichkeit doch nicht sauer ins Leben und vermochte nichts anderes als gutgläubiges Behagen an der Welt auszusprechen, wo ich mirs doch in ihren traumhaften und gespenstischen Winkeln wohl sein ließ.

Solch ein Winkel war das Gärtchen, um das die Ateliers und Zimmerchen des Osbertschen Grundstücks sich legten. Da wohnte schrägüber der Dichter Degron, der von Verlaine nur als vom »maître« sprach, mit seinem Weibchen, klimperte aus seiner Ecke zur Nacht auf der Zupfgeige, ließ durch die Spalten des Laubwerkes ein paar Strählchen seiner Lampe mit den ebenso dünnen Tönen zu mir schlüpfen und klopfte gar eines lauschigen Abends an meine Tür. Monsieur besaß ein paar Franken, die aber im Augenblick nicht zur Hand waren und doch benötigt wurden, und siehe, wie gut, daß er mir solches nicht verschwieg – so bahnte sich ein nachbarliches Vertrauen an.

Linker Hand, zwischen den Degronschen und Barlachschen Winkeln, wohnte der Vlame Koos mit seinem Rubensschen Weibe. Er hatte Einkommen, half dem hinfälligen Puvis de Chavannes beim Auswiegen, Austragen und Ausführen seiner Werke und gesellte sich gerne zu uns, wenn Garbers, ich und andere Deutsche beim Bier saßen.

Dann suchte mich Osbert, unser aller Hauswirt, Führer der »Artistes de l'âme«, inmitten meines Gerumpels auf und wiegte seinen normannischen Piratenkopf über meinen Blättern hin und her. »Tres philosophique«, entschied er und wollte mich als Artiste de l'âme damit gelobt haben. Voll freier Form, aber eben doch übervoll, von gelenkiger Liebenswürdigkeit und knapp übertünchter Schwäche, war er doch ein starker Gatte seiner, im Gegensatz zu den beiden andern, ehelich verbundenen Frau. In seinem weiträumigen Atelier fand ich mich zu den Mittwochabenden ein und hörte Degron und wer sonst zusprach ihre Verse sagen, und zwar deklamierten sie hinter dem Wandschirm hervor, da alsdann der Wohllaut, zur Decke gedrängt, sich in schönem Bogen als breite Welle auf die Zuhörer niedersenkte.

Taschenbuchblatt aus Paris, Kohlezeichnung, 1895
Besitzverhältnisse unbekannt
Abb.: Cicerone, Leipzig 1929, Heft 7, S. 194

Im ganzen war mit Degron, einem gut proportionierten Männ-
lein, dem man wohl anzusehen meinte, was man von ihm erzählte,
nämlich, daß er von Mutterseite Siamese sei, am bequemsten zu

verkehren. Er führte mich hinab in das unterirdische Paris und zeigte sich in den »Verbrecherlöchern« heimisch, wo arme Schlucker genug herumsaßen, an denen vielleicht mehr verbrochen war, als sie verbrechen konnten. Er blieb das ganze Jahr über der Gleiche, es hatte einmal so begonnen, daß ich für die so oft abwesenden Francs aufkam – warum solche Gewohnheit ändern? Darüber waren wir einig, es genügte durchaus, daß die Ordnung der Dinge hin und wieder als Sache der Zukunft im Neben- oder Nachsatz der Unterhaltung abgetan wurde.

Wie konnten mir die lebenden Meister in meinem einstweilen ganz getrosten Irregehen helfen? Vor allem Rodin? Zu wenig sah ich von ihm, und dies Wenige vermochte nichts über mich, ich suchte auch kaum, so eifrig ich mich umtat und mit soviel gutem Glauben ich durch die Säle und über die Plätze ambulierte, nach Anhalt, Fingerzeig oder Vorbild. Es lebte sich gar zu schön als Frischling schnüffelnd und schmausend im wilden Wald!

Hinter Menschen war ich drein mit dem Blei und ebenso hinter allem sonst, was sich als organisierte Masse oder Unform am Wege fand. Vielleicht dürfte man sagen, daß ich mich im Schatten des Zeichners Steinlen benagte, wenn es nicht richtiger wäre, daß ich überhaupt kein Heil darin sah, mir etwas vormachen zu lassen. Es ging hier wie im Thieleschen Atelier, wo der Gehilfe Hartmann sich meiner erbarmte und mir das übliche Verfahren beim Modellieren eines Puttos gutmütig demonstrieren wollte. Er tat sein Bestes, aber ich schaute zum Fenster hinaus.

Ich weiß nicht einmal, ob ich in Paris wirklich keinen einzigen Daumier zu Gesichte bekommen habe, oder ob er mir, da dies wohl unmöglich, nicht bei voller Wirklichkeit als ähnlich elefantenhafter Schemen vorüberstrich, dem ich begegnete, als ein Menagerietier bei dunkler Nacht durch die leere Straße geführt wurde. Da hob sich umgrenzte Verdichtung aus der über nichts seufzenden Späte, nahte und verschwamm zu meiner Linken, ein Ungetüm und Leisetreter, eine königlich gleitende Mächtigkeit auf demselben Steig mit mir, immer auf Sohlen der Leichtigkeit und Heiterkeit schleifend, schlürfend, schwebend. Gewalt – und doch dem Auge verhangen, dem Gefühl unoffenbart, das Ohr nur streichelnd und ihm entweichend. Es war zwischen drei und vier Uhr, ich kam aus dem

Garbersschen Atelier, denn es galt die kurzbefristete Lieferung eines Ausbundes von Weinhebe für den Hamburger Ratskeller, kokett und sehr sittsam, weinselig und brav – wir mußten die Nacht zu Hilfe nehmen.

So, nach geschnapptem Abendbrot und sobald die fälligen Sous durch meine täglich bewährte Unanstelligkeit im Spiel verloren waren, hob der Wettlauf mit der weit vorgeschrittenen Zeit an. Der eine schlief, der andere schuf, der eine schuf, der andere schlief. Gegen Morgen zog ich zur totesten Stunde vom tröpfelnd feuchten Herbst bespuckt heim. Es ging uns damals mit der Mark wie Degron mit dem Franc, je weiter die Arbeit vorankam, desto bürgerlicher hätten wir essen können, wenn der abgearbeitete Teil des Honorars zur Hand gewesen wäre. So hielten wir uns nach Eingang des Geldes an billigen Austern schadlos und vermeinten, wunder wie zu schlampampen.

Paris entließ mich im Frühling 1896 ein bißchen frisiert. Der Bocksbart, den ich schon in Dresden kultivierte, war gewachsen, wie bei Garbers und so manchem Bildhauer und Maler unseres Kreises. Die Kameradschaft, der ich mich angemengt, hatte mir wohl etwas Landläufiges mitgeteilt – der Thüringer Wald, wohin ich mich zunächst wandte, ebenso wie meine Mutter, staunten nicht über solche Belanglosigkeit, ich war mir übrigens gründlich gleichgeblieben, hatte bitterwenig gelernt und gar nichts vergessen. Ich fuhr, als sollte es nur immer so weiter gehen, fort, am Geisterroman zu schreiben, trieb mich umher, hing wie ein frischer Schinken und räucherte in der langsam garmachenden Zeit und bewies, da der Knüppel beim Hund lag, eine gleichbleibende Hartnäckigkeit im Beschicken von Redaktionen mit Zeichnungen, denn mein Geld war verbraucht, und die Sorge, die ich selbst ernstlich nicht kannte, begann meine Mutter zu beunruhigen. 1897 berief mich Garbers auf vier Monate nach Paris zurück, um eine Figurengruppe mit Faltenwürfen und Hand-, Kopf- und Fußdetails in meiner schlecht überbietbaren Fingerfertigkeit zu versehen. Er entgalt mir die Leistung nach Gebühr, und ich konnte wiederum einige Zeit in Friedrichroda bleiben.

Ich fange an zu organisieren

Es begab sich irgendwann bei arglosem Hin- und Hertreiben eine Abkehr vom unbedachten Hinnehmen jeder Zufallsform. Ich fiel – wenigstens gelang das erst einmal, später nochmals und am Ende nicht ganz selten – dem Erlesen zu, sei es einer entschiedenen, starken, grotesken und lieblichen Form oder dem nachspürenden Ahnen eines leisen, humorigen oder wüsten Wertes hinter der Alltagsmaske. Zaghaft genug fing ich an wegzulassen, was zur Stärkung einer unklar gewußten oder gewollten Wirkung nicht beitragen konnte, war nicht mehr schlechthin Dulder und Diener des sichtbaren Seins. Es unterlief mir die Frechheit, es zu organisieren, wobei nun freilich die Weiterfahrt oft genug stockte und ich nichts anderes vermochte, als vom gedachten Organisieren in einen ornamentalen Schwung und Schwall zu verfallen. Zwar hatte ich viel gesehen, aber es war geschehen, ohne Schliff und Politur des Urteils und Gewissens zu fördern.

Wie ich als Schüler mit Düsel durch das Stargarder Tor in Neubrandenburg eingewandert kam und umschauend nicht mehr als einen stumpfen Blick auf den Orgelsturm dieses Architekturgefüges getan hatte, wie ich alte Dome und Kathedralen, alles Edelste, was durch Bau an Majestät zur Welt geboren war, vorwiegend als Rarität, als Brut- und Nistgelegenheit für alle Arten von romantischer Vorstellung oder als Anlaß zu empfindsamer Schwelgerei, als Nährboden jedes Überschwangs ansah, so war das Verhalten des scheidenden und erkennenden Ich vor der Natur bedauerlich infantil geblieben.

In Friedrichroda noch fiel inmitten des pastoralen Ablaufs der Jahreszeiten Verzweiflung mich an, Marterung aus Unlust an mir selbst und immer neues Gerichthalten und Verworfenwerden, wovon ich gut tue, Einzelheiten zu verschweigen. Pest schlug meine Getrostheit, es gab Bruch mit Behagen, und Vertrauen ins Sein ward ein fragwürdiges Ding, das sich bequemen mußte zu kuschen.

Auch der allgemeine Barlachsche Familientrost bekam Falten im Gesicht und mußte seine jugendliche Glätte drangeben; meine Brüder schlugen sich in Rußland oder Amerika durchs Leben, Heil und Unheil jagten sie hin und her, die beiden Jüngsten zerbrachen endlich an der Fremde, Hans kämpfte sich hinauf, nur um desto furchtbarer zu stürzen.

Überhaupt kommt mir der fernere Wechsel von Zeit und Ort immer mehr wie das Vorwärtsstürmen in einer heulenden Unfaßlichkeit, wie Not und Drang zu gesolltem Wollen vor, gegliedert durch Atempausen' der Stille und des Ruhens in Freiheit, Dürfen und bewegtem Schweigen.

Ich komme ans Werk

Bis 1900 etwa blieben meine und Garbers' Nöte miteinander verkettet. Ich experimentierte und suchte meinen Weg zwischen den abgesteckten Grenzen seiner Aufträge im Hamburg-Altonaer Felde. Wir gewannen in gemeinsamer Konkurrenz die Anwartschaft auf ein Werk von plastischer Maßlosigkeit. Es handelte sich um die Ausgestaltung des Rathausmarktes in der Umgebung des Schillingschen Kaiserdenkmals, ein Sturm von wasserkantiger Unbändigkeit sollte entfesselt werden. Aber wir waren geschäftsunkundige und undiplomatische »djunge Leute« und wurden mit der Begründung vom Plan der Vorgänge gewiesen, daß man von plastischer Ausgestaltung der Anlage abzusehen durch Beschluß der Kommission übergegangen sei. Als wir dergestalt verblüfft vor der Tür standen, beschloß man drinnen, den Beschluß aufzuheben, und übergab Schilling unseren Gesamtplan, welcher Schilling unsern Gesamtplan zur Hand nahm, leerte, verödete und glatt und reif machte. Darüber ward ich fuchswild und verzog von Hamburg nach Berlin. Später fütterte man uns mit einem Trost in einem Auftrag für die Gestalt eines Neptun-Riesen auf dem Gebäude der Hamburg-Amerika-Linie, ein zurechtgehadertes Ding von grotesker Zusammenhanglosigkeit. Diesen letzten besinnungslosen Ausfall will ich nicht ableugnen.

Als ich dann in Wedel niedersaß, einen bequemen Laden in der Kuhstraße als Atelier bezogen, ein paar Grabplatten aus stiller werdendem Gemüt bedächtig gefördert hatte, als ich im Verborgenen ein Drama zu schreiben begann, war wohl endlich ein Anfang zum Lassen des grenzenlosen Beliebens und Gestaltung der überschätzten Absonderlichkeit gemacht.

Karl Scheffler hatte als Kritiker während des kurzen Berliner Aufenthalts einen Blick auf meine Arbeiten getan. Er zuerst setzte sich für die Publikation einiger Zeichnungen und Plastiken ein, die in der »Kunst für Alle« erschien, mit Zusätzen seiner Feder, die mir den ersten Wink einer Hand aus der suchend drängenden Zeit gaben, von der ich nicht wußte, ob ich mit ihr oder weit seitwärts ihres Ganges als zielgerichtetes oder lose in seiner Daseinsschicht hängendes Treibstück hinflutete.

Mein Leben in Wedel ist wesentlich gezeichnet in dem Kapitel der »Wedeler Tage« meines unfertig gebliebenen Seespeck-Romans. Es war immer noch übervoll von Schwäche, Irren, Maßlosigkeit und Verlorengehen an alles durchsichtig Ungestaltbare, voll Ungegorenheit und doch immer lauterster Hingebung an strömendes Geschehen und schwankende Weile. Auf der breiten Elbe fand ich die weiteste Lust und die beseligendste Selbsttäuschung.

Aber nachdem ich dann ein halbes Jahr als Lehrer an einer rheinischen Fachschule für Keramik zwar tätig gewesen, aber fruchtlos und unlustig, saß ich 1905 wieder in Berlin. Hier gings nun allerdings heillos her; ich wußte, daß ich in einer Hölle saß, und saß darin ringend um die tagtägliche Überwindung des Bewußtwerdens meiner ganzgänzlichen Überflüssigkeit.

Ich stellte eine kleine Bronze aus und ging, sie in der großen Ausstellung zu sehen, doch war sie so gut verborgen, daß ich sie nur schwer ausfindig machte – eine Halbheit, kein voller Ton, nichts von dem, was ich als Mindestes zu sehen erwartete: wenn auch nußgroß, so doch ein Stück unbedingter und wenn nötig unbarmherziger Selbstverständlichkeit. Als ich ihrer gewahr wurde, erlag ich dem schwersten Überdruß an all diesem fruchtlosen Mühen. So saß ich danach im Café Bauer und fand mich im Dunkel des seitlichen Schiffes verborgen, unsichtbar, so recht am gebührenden Platz, keiner Beachtung würdig und ihrer kaum bedürftig. Es langte bei meinem Treiben mit dem abhandengekommenen Mut sooft kaum zum Aufstehen, am liebsten wäre ich um zehn Uhr früh schon wieder ins Bett geflohen, ich wirtschaftete ab, und das Leben ebbte mit so starker Strömung, als wollte es sich wie die Elbe beim Ostorkan entleeren. Und doch hatte sich in diesen dunkelsten Zeiten ein junges Leben auf den Weg gemacht, wie um meine Hand zu fassen und mich in ein ansteigendes Dasein zurückzuleiten.

Es war also kein große Kunst, mich zur Reise nach Rußland zu bestimmen, als mein Bruder Niko, damals amerikamüde, mir bedeutete, ich hätte bis dann und dann meinen Paß zu beschaffen, sonst ginge er ohne mich. Wir reisten.

Ich finde freie Bahn

Schon als wir durch Warschau zum andern Bahnhof über die Weichsel fuhren, schüttelte mich die Beglücktheit des selig Erwachenden, der noch die Pein des mühsamen Sterbens nicht vergessen hat – ich sah, daß das Feld schnittreif meiner harrte.

Ich dachte: sieh, das ist außen wie innen, das ist alles ohnemaßen wirklich. – Und trotz Fieber und endlosem Bruderzwist fraß ich wie ein Gezücht und Landplage alle Erscheinung von Stadt und Steppe in einen unersättlichen Hungersack, in der Glut eines andern Fiebers, einer Angestecktheit nicht durchs Klima, sondern aus unheilbarem Verfallensein, für das ich bis zur Wehrlosigkeit zugerichtet war.

Hockende Bettlerin, Holzschnitt, 1918
Motiv aus den russischen Taschenbüchern von 1906
10,2 X 7,9 cm
Aus der Folge zu Reinhold von Walters Gedicht »Der Kopf«,
Blatt 7 Verlag Paul Cassirer, Berlin 1919

Nichts Fremdes oder Bestürzendes – alles war mir wie lang vertraute Kunde, aufgeschlossen, preisgegeben, widerstandslos meinem Gefallen und Belieben erbötig.

Ich finde es überflüssig, mich gegen die Legende zu wenden, daß ich »erst durch Rußland« zum plastischen Ausdruck geführt sei – oder wie man sowas sonst formuliert hat. Die Tatsache besteht, daß die Wirklichkeit für mein Auge plastische Wirklichkeit war und daß ich mein bisher unbefriedigtes Bedürfnis mit mir heranführte, Bereitschaft und Fähigkeit zum Sehen nicht der andern, sondern der plastischen Werte. Rußland gab mir seine Gestalten, aber freilich und vermutlich bin ich nicht ohne Anteil an dem Sosein des endlichen Ausfalls, denn als ich zurückkehrte und die ersten beiden Bettler, diese Bettler, die mir Symbole für die menschliche Situation in ihrer Blöße zwischen Himmel und Erde waren, in Friedenau im alten Stübchen anlegte, drang der alte Zweifel zu: wird das nun auch endlich wirklich Plastik oder wieder Modellierarbeit? Restlich mußte doch nicht schlecht gekämpft werden, und der Dumme mag glauben, daß die in Rußland gewonnene Form aus der reichen Hand beiläufig und trinkgeldmäßig in meine arme gelegt sei.

Form – bloß Form? – Nein, die unerhörte Erkenntnis ging mir auf, die lautete: du darfst alles Deinige, das Äußerste, das Innerste, Gebärde der Frömmigkeit und Ungebärde der Wut, ohne Scheu wagen, denn für alles, heiße es höllisches Paradies oder paradiesische Hölle, gibt es einen Ausdruck, wie denn wohl in Rußland eines oder beides verwirklicht ist.

Als ich heimkehrte, konnte ich meinen Sohn sehen, und während ich am ersten Tonbilde arbeitete, machte ich mich an das Drama vom »Toten Tag«.

Im Frühjahr 1907 stellte ich zwei von Mutz gebrannte Terrakotten in der Berliner Secession aus.

Es gab ein Aufatmen in meinem Gemüt und einen hübschen kleinen Tumult in meinem Kopfe, als ich mit zwei solchen Püppchen, wie die feiste Bettlerin und der betend lamentierende blinde Bettler waren, den Beifall eines halben Dutzend Männer fand, deren Urteil ich nur zu gerne als unzweifelhaft verläßlich ansah. Der über alle Maßen selbstlose August Gaul zeigte fast mehr Freude über diesen Anfang, als ich selbst haben konnte. Er baute seiner erstaunlichen

Produktivität gerade das Heim am Roseneck – ein Mensch, an dem Zeit und Weile vorüberglitten, als sei er ihnen nichts schuldig, immer voll der Muße einer wie unbewußt selbsttätigen, unangetriebenen Seele, mit gleichzeitig arbeitenden Händen, waltend bei Telephongeschrei, Kindergeläut und dem Getrappel seiner kommenden oder scheidenden Besucher – Träger des geheimnisvollen Glücks, ohne Qual und Problem vollkommen in seiner Art zu sein. Bei ihm, an einem Sonntagnachmittag, wurde ich mit Paul Cassirer bekannt.

Ich hatte mich mit dem Esel und seinen kindlichen Tyrannen im Hof getummelt und ging hinein, um mich zu verabschieden. Gaul, Tuaillon und Cassirer standen qualmend im Dampf eines jener berühmten Gespräche, die auch damals schon der eine von ihnen begann, entspann, leitete, fortführte, belebte, erweiterte, verwickelte und auch beendete, wenn ein Ende unvermeidlich war. Cassirer kam mit mir ins nächste Zimmer und forderte mich auf, ihm Arbeiten zu senden. Da ich indes keine vorrätig hatte, so unterblieb auch ihre Absendung, und es verging ein halbes Jahr, wo mich denn Cassirer zu einem Besuch aufforderte und mir ein Abkommen vorlegte, nach dem ich meine zukünftigen Arbeiten ihm übergeben sollte. Ich schlug zwar ein, und es war reichlich Grund vorhanden, um diese neue Gelegenheit zum Aufatmen in meinem Gemüt willkommen zu heißen, aber es blieb zwischen uns einstweilen bei einem sehr gewissenhaften Beobachten unseres Vertrages.

1909 bezog ich ein Atelier in der Villa Romana in Florenz, wohin ich eine vorbereitete Arbeit überführte, begann und beendete, und wo ich in unerschütterlicher Selbstgerechtigkeit, erst mit der Axt, dann mit dem Meißel in Holz weitere Stücke vorbereitete, begann und beendete.

Eines schönen Tages lag die majestätische, vielpfündige Inkarnation des Däublerschen Sterngeistes hinter den schmierigen Marmortischen des Café Reininghaus, lag da wie ein ausladendes Inkognito eines exotischen Machthabers breit im halbdunkeln Hinterhalt, im Versteck vor Hetze und Qual des Daseins, ein Alleswisser und Nichtsbesitzer, in seiner Höhle voll trauriger Behaglichkeit des Lebens ohne Lebensnotdurft froh. Das zwölfjährige Werden, das Ausstoßen des »Nordlichts« war vollbracht, aber die Zukunft des »Nordlichts« war dunkel, und Zweifel über das Kommen seines dreibändigen Leibes schüttelten Däubler und nährten seine chronische Panik.

Moeller van den Brück saß im selben Sommer an denselben Marmortischen, hielt die Fäden der Verhandlung und zeigte in Däublers und eigenen Dingen den noblen Stolz eines Vertrauens, das sein Recht in der Absolutheit einer schaltenden Notwendigkeit erkennt. Noch im gleichen Sommer begann der Druck des Werkes, und es geschah mit wunderbarer Grandezza, daß Däubler dem korrekturlesenden Moeller-Bruck Verskatarakte und Sternstürze aus Weltkernen als unerläßliche Ergänzungen des Ganzen in die Hände schob.

Öfter zogen wir zusammen durchs toskanische Land und »arbeiteten«, wie Däubler das nannte, uns durch die Städte und ihre Offenbarungen. Wohl erkannte ich die Schönheit der italienischen steinernen Strenge, ihre edle Verstaubtheit, die silberne Schwermut der in Türmen kristallisierten Marmorbrüche, die Greifbarkeit des städtischen Behagens in der Fügung von Platz und Straße, das musikalische Formspiel des Raumes – aber an einem düsteren Dezembermorgen desselben Jahres stand ich seltsam ernüchtert wieder auf dem Potsdamer Platz. Es fröstelte mich vor der Unliebsamkeit von Ort und Stunde, aber ich spürte in ihrem Anhauch eine Aufforderung und Verheißung. Solche scheinbaren Abschreckungen mögen bärbeißig heißen und bewirken doch eine heilsame Hinlenkung auf das unverlierbare Eigene – ein frostiger Dezembermorgen kann ein Spiegel sein: wie man sich erkennt, so sei es hingenommen, und so muß es durchlebt werden.

Cassirer saß mir an einem Tage des folgenden Jahres in seinem Zimmer gegenüber und befragte mich um den Grund meines zurückhaltenden Betragens. Ich offenbarte ihm den Gemütszustand eines besseren Wilden gegenüber seiner vielfach verknoteten und geschichteten Wesenheit. Darauf öffnete er den Mund und forderte mit natürlich heiterer Feierlichkeit mein Vertrauen, in einer geraden Unverhohlenheit, gegen die ein Widerspruch der letzten Instanz aus der Tiefe in mir nicht erfolgte.

Und wir wurden ein seltsames Freundespaar – nichts von »Paulchen und Gaulchen« wie zwischen ihm und Gaul, keinerlei restlos bequemes Hausen unterm Freundschaftsdach, und doch immer wieder freie Rückkehr zu unbedenklicher Offenheit.

Ich bin gewiß, daß ein Dorn an meinem Wesen in Cassirers Gemüt allzeit geeitert hat, aber der Spieler Cassirer hatte doch wohl ein wenig Bedarf nach der Verstocktheit in Abseitigkeit, Menschenflucht und Ruhe im Herrn der Herrlichkeit, der da preislich und pomadig waltet und seiner Kinder keines verkümmern läßt. Der Spieler Cassirer, der Händler, der Herr über ein Heer von Parolegläubigen, der Sturmbock im Gewühl und Austrag der Meinungen, der erfolgreichste Perlenfischer und schlaueste Einfädler und Anstifter bei der Heimführung von Überschüssen, der Preisgeber und Bewahrer seines Selbst in großem Format, war zugleich der böse Bruder des Künstlers Cassirer und des so leicht zu beglückenden, sich selbst selig preisenden großen Kindes Cassirer, der den bösen Bubenstreichen so arg zugetan war und dionysisch durch die Welt zu brausen begehrte. Sein eigener böser, auftrumpfender und beinstellender Bruder zu sein war Paul Cassirers tragisches Geschick.

Er baute und er redete in Zungen, zu schreiben, behauptete er, vermöge er nicht. Er sprudelte und schwamm am liebsten im Strom seiner siedenden Rede, und es würde eines dicken Bandes bedürfen, um seine Berliner Spaße, seine Kriegsgeschichten, seine Händlerromane, seine erlebten Kostbarkeiten im Verkehr mit Wedekind, Liebermann, Corinth und – ein Dutzend der besten Namen müßte folgen – vor dem Vergessenwerden zu behüten.

Zweierlei muß ich noch unterstreichen, einmal, daß er darunter litt, Nutznießer von Künstlern genannt zu werden, denen, die ihm so verwandt waren, mit denen er, wie der Hamburger sagt, aus einer Büttel trank, und weiter, daß er verwegen war wie selten einer. Seine Tapferkeit dürstete nach der Nähe der Gefahr, da, wo er die bestmögliche Unmittelbarkeit der Entscheidung witterte, wo kein Schild deckte, keine Anonymität schäbig schützte, nicht wo im bombensichern Unterstand das grobe und klare Abmachen verschlissen werden konnte, fühlte er sich wohl. Gewiß hat er sein Recht nach eigenem Befund zugerichtet, aber zum Kneifen war er nicht geschaffen, und mit unmäßiger Risikofreudigkeit stellte er sich in den Brennpunkt der Entscheidungen.

Er trieb meine Lämmer auf die Weide, meine erbärmlich frierenden plastischen Erstlinge, und, da er einmal die Hände rührte, so klinkte er zugleich ein Pförtchen für etwas anderes von mir auf. Als er mich aufforderte, ein lithographisches Werk für die Panpresse beizusteuern, erwähnte ich ein »Drama«, das man vielleicht als Gerüst zur Aufreihung von Motiven benutzen könne. Er zuckte weder mit der Wimper, noch zögerte er einen Augenblick mit der Antwort: »Na ja, also zeichnen Sie.«

Ich lithographierte, und die Mappe wurde eine regelrecht viereckige, normale und einstweilen unverkäufliche Mappe, einschließlich eines Textbandes zum »Toten Tag«. Dieser Band sah aus, als wäre er gefunden und der Finder hätte ihm in der geräumigen Mappe einen vorläufigen Unterschlupf angewiesen. Cassirer, sonder Mitschuld an dem Drama, das er nicht gelesen, begann ein generöses Herumschenken in Stadt und Land, und der Textband, warm geworden im Nest, gab sich drein.

Der lange Schicksalsweg meiner Mutter schien nun abgelaufen. Im Jahre 1900 war sie zu meinem Bruder nach Texas auf die Hungerfarm gegangen, sie hatte sich müdegekämpft und suchte bei Joseph in Seattle vergeblich, was sie nie finden sollte, die leise glimmende Freude im Teilhaben eines am Leben des andern bei gemeinsamer Not und bescheiden bemessenem Glück. Kein noch so erbärmliches bißchen Heil ließ sich zu ihnen herab – wenn die Zucht ihrer Jahre unterschiedlich geriet, so war sie es gewiß nur im verschiedenen Grade der Dürre, von fetten hat sie nichts zu spüren bekommen; wenn es einen Wechsel gab, so wechselten die schlimmen mit noch schlimmeren. Schicksal teilte mit vollen Händen aus, aber mit keiner Gutes.

Zurückgekehrt, erkrankte sie und lebte lange wie sterbend, zog endlich nach Güstrow und empfing von mir in ihre kraftlosen Hände meinen Sohn zur Erziehung. Sie hatte Kraft zu wollen und bekam die Kraft, es zu vollenden.

Güstrow, in
Schnoienmerstr 22
12. 1. 25

Sehr geehrter Herr Professor,

ich danke Ihnen bestens für
Ihre freundlichen Wünsche,
die mich ganz richtig in Güstrow
in altem Raume erreichten.
Wahrscheinungen wie die Ihrigen,
daß meine Produktion ungebühr-
lichen Herzens findet, gehören

*Verkleinertes Faksimile des letzten von zehn Briefen Ernst Barlachs an den
Leipziger Historiker und Universitätsprofessor Dr. Karl Weimann aus den
Jahren 1919-1925
Original im Besitz der Barlach-Gesellschaft, Hamburg.*

Der Brief hat folgenden Wortlaut:

*Güstrow i M
Schwerinerstr. 22
12. 1. 25*

Sehr geehrter Herr Professor,

ich danke Ihnen bestens für Ihre freundlichen Wünsche, die mich ganz richtig in Güstrow im alten Räume erreichten. Versicherungen wie die Ihrigen, daß meine Produktion empfängliche Herzen findet, gehören zu dem Wertvollsten, was man erfahren kann, stellen ja die eigentliche Belohnung alles Strebens dar. Mein Dank für Ihre Bekundung ist also tief wie das ihn erzeugende Erlebnis.

Ich werde wohl Güstrow nicht verlassen, jeder Besuch außerhalb überzeugt mich wieder von der Unmöglichkeit, anderswo die Freiheit, ich meine die einfache persönliche Ungeschorenheit zu finden, die bei mir zur Arbeit unerläßlich ist. Alle anderen Erwägungen treten zurück vor diesem Postulat, dem ich ja gewiß die Eigenschaft eines unerhörten Anspruchs zugestehen muß, es ist ein großer Luxus, der größte denkbare, den ich mir errungen habe un[d] gegenüber dieser großen Erfüllung, diesem höchsten Lebensgut, erscheinen alle ändern Güter und Vorteile gering.

Indem ich Ihre Neujahrswünsche aufs Beste erwidere bin ich mit der Bitte, mich Ihrer Frau zu empfehlen herzlich grüßend

Ihr sehr ergebener
E Barlach

Über tredition

Eigenes Buch veröffentlichen

tredition wurde 2006 in Hamburg gegründet und hat seither mehrere tausend Buchtitel veröffentlicht. Autoren veröffentlichen in wenigen leichten Schritten gedruckte Bücher, e-Books und audio-Books. tredition hat das Ziel, die beste und fairste Veröffentlichungsmöglichkeit für Autoren zu bieten.

tredition wurde mit der Erkenntnis gegründet, dass nur etwa jedes 200. bei Verlagen eingereichte Manuskript veröffentlicht wird. Dabei hat jedes Buch seinen Markt, also seine Leser. tredition sorgt dafür, dass für jedes Buch die Leserschaft auch erreicht wird.

Im einzigartigen Literatur-Netzwerk von tredition bieten zahlreiche Literatur-Partner (das sind Lektoren, Übersetzer, Hörbuchsprecher und Illustratoren) ihre Dienstleistung an, um Manuskripte zu verbessern oder die Vielfalt zu erhöhen. Autoren vereinbaren direkt mit den Literatur-Partnern die Konditionen ihrer Zusammenarbeit und partizipieren gemeinsam am Erfolg des Buches.

Das gesamte Verlagsprogramm von tredition ist bei allen stationären Buchhandlungen und Online-Buchhändlern wie z. B. Amazon erhältlich. e-Books stehen bei den führenden Online-Portalen (z. B. iBookstore von Apple oder Kindle von Amazon) zum Verkauf.

Einfach leicht ein Buch veröffentlichen: **www.tredition.de**

Eigene Buchreihe oder eigenen Verlag gründen

Seit 2009 bietet tredition sein Verlagskonzept auch als sogenanntes "White-Label" an. Das bedeutet, dass andere Unternehmen, Institutionen und Personen risikofrei und unkompliziert selbst zum Herausgeber von Büchern und Buchreihen unter eigener Marke werden können. tredition übernimmt dabei das komplette Herstellungs- und Distributionsrisiko.

Zahlreiche Zeitschriften-, Zeitungs- und Buchverlage, Universitäten, Forschungseinrichtungen u.v.m. nutzen diese Dienstleistung von tredition, um unter eigener Marke ohne Risiko Bücher zu verlegen.

Alle Informationen im Internet: **www.tredition.de/fuer-verlage**

tredition wurde mit mehreren Innovationspreisen ausgezeichnet, u. a. mit dem Webfuture Award und dem Innovationspreis der Buch Digitale.

tredition ist Mitglied im Börsenverein des Deutschen Buchhandels.

Dieses Werk elektronisch lesen

Dieses Werk ist Teil der Gutenberg-DE Edition DVD. Diese enthält das komplette Archiv des Projekt Gutenberg-DE. Die DVD ist im Internet erhältlich auf **http://gutenbergshop.abc.de**